El Arte de Pagar sus Deudas sin Gastar ni un Céntimo

Por

Honoré de Balzac

NOTAS BIOGRÁFICAS SOBRE MI TÍO

La persona realmente peculiar con la cual me dispongo a entretener al lector por algunos instantes, es decir, mi tío, era uno de esos individuos distinguidos por la naturaleza, para quienes el destino provoca auténticos milagros.

Desde la más temprana edad, supo sobreponerse a esos poderosos prejuicios que dominan a la sociedad, y que, vistos de manera filosófica, no son sino debilidades morales, pues supo vivir con la calidad de un hombre que tiene cincuenta mil libras de renta, a pesar de no tener un solo céntimo de ingreso legal.

Después de haber disfrutado de todos los goces que un hombre puede desear durante sesenta años, vivió un fin digno de él, al dar su último suspiro en el restaurante de un conocido suyo, quien había tenido no pocas ocasiones de admirar sus brillantes cualidades y la fuerza de su genio.

Mi tío nació el 1 de abril de 1761 en Saint-Germain-en-Laye. No voy a hablar de los primeros años de su vida, que pasaron pacíficamente, como los de todos los niños mimados por sus madres. Hacía tiempo ya que mi abuela estaba deseando una prueba de cariño conyugal por parte de mi abuelo, mas tuvo que esperar diez años antes de obtenerlo, y mi tío fue el primer fruto (mi padre no nacería hasta diez años más tarde). Mi abuelo, deslumbrado de igual manera que su esposa por el cariño hacia su hijo, no sabía reconocer ninguna de las pasiones que algún día brotarían en el corazón de «su tesoro», y a pesar de que era un hombre de ingenio, no supo darle a su educación la dirección adecuada.

Nueve meses de cada año no estaba en casa, pues tenía que pasarlos con su regimiento de la Royal-Cravate, del que llegó a ser mayor; por lo tanto no pudo vigilar a su hijo, y confió en la sabiduría de su mujer. Pero el tesoro de mi abuela, dotado de todos los talentos necesarios para que algún día se hable bien de él, tenía también todos aquellos pequeños defectos necesarios para que se diga de él todo lo contrario.

Se le habían dado profesores a los que no prestaba la menor atención. Bailaba con su profesor de latín, le lanzaba petardos al profesor de baile, ponía pedazos de vela en los bolsillos de su profesor de dibujo, y tapones en la flauta de su maestro de música. Durante los cortos viajes que hacía mi abuelo a Saint-Germain, mi tío tomaba su daga y la colocaba en el lugar de la parrilla, después de haber puesto su sombrero de pluma en el lugar del asado, o le arrancaba los pelos al gato, o le pintaba un bigote al canario con tinta. A mi abuela todo eso le parecía encantador. Mi abuelo tampoco podía reprimir la risa; trataba estas travesuras como pequeñeces y decía que el tiempo lo mejoraría todo. El tiempo vino, pero mi tío no mejoró. Finalmente se hizo tan extenuante que ya nadie en la casa lo soportaba y por lo tanto, se tomó la decisión de alejar al «tesorito». Tenía entonces mi tío diez años. Ingresó en el Collége Louis-le-Grand en París, en donde hizo progresos obvios durante los primeros cuatro años, y utilizó a fondo los talentos de los que lo había dotado la naturaleza. Aunque no fuera el mejor traduciendo latín, si lo era en los juegos de pelota; se peleaba regularmente dos veces al día, lograba que lo pusieran a pan seco cinco veces por semana, recibía veinticinco latigazos al final de cada mes, y a finales de año, llegaba a casa con dos premios y media docena de gratificaciones, lo que era un orgullo para Abuela.

En el mes de abril de 1777, mi abuelo se encontraba en Saint-Germain y vino a París con el propósito de buscar a su hijo, para que pasara una parte de las vacaciones con él en el regimiento. Llega lleno de alegría al Collége, pues era para él una fiesta el ver a su hijo. Pregunta por él. La cara del director del colegio se pone más y más larga, su fisonomía se oscurece, balbucea…, finalmente mi abuelo se entera de que su querido hijo ha desaparecido, y al mismo tiempo que él, la hija de la lavandera, y que no se sabía nada de su paradero. Mi tío acababa de cumplir dieciséis años.

Mi abuelo se guardó mucho de contar esta fuga a su esposa. Fue a ver al jefe de policía, M. de Sartines, quien le dijo que volviera esa misma noche. En este tiempo mi tío fue finalmente encontrado con su lavanderita en una habitación amueblada de la Rue Fromenteau. Su padre lo hizo volver a Saint —Germain, por cierto sin hacerle reproches, y se decidió a partir de ese momento que había progresado lo suficiente en sus estudios, y que ya no necesitaba volver al Collége. Debía terminar su educación en la casa paterna.

Los estudios que ahora comenzó mi tío eran agradables. Cada mañana jugaba a «la paume» o al billar, por la noche iba al baile. Hacía una cantidad de relaciones que luego presentaba a su madre para dejarles beber el mejor vino de su padre, agotaba caballos hasta la muerte, destrozaba carros que se tenía la bondad de prestarle, y contraía deudas con todo el mundo.

En la buena temporada del año le gustaba ir al campo, le disparaba a los perros o de vez en cuando a los guardabosques, después de haber dejado embarazadas a sus mujeres, mataba todas las piezas de caza, y pedía prestado dinero a todos los propietarios de la zona. En invierno tenía un duelo a la semana y era arrestado cada mes.

Fue en este tiempo que mi abuelo decidió dejarlo viajar, para «tranquilizar su cerebro», el cual, como solía decir, no necesitaba más que reflexionar. Pues bien, los viajes se prestan a la reflexión y así fue enviado mi tío a los Baños de Bagnéres, que eran en esos tiempos un lugar de rendez-vous de los más distinguidos del mundo.

Ahí se convirtió en el organizador de todas las fiestas, en el alma de todos los placeres. Aquellos que entonces (en el año 1784) se encontraban ahí podrán todavía acordarse de la extraña sala de teatro que mi tío erigió, en el lapso de dos horas, en Lourdes, ciudad por la cual pasaba una tropa de comediantes de la provincia en su camino hacia la capital. Estos comediantes querían ganarse unas monedas al ofrecerle a los humildes campesinos dos o tres representaciones. Como no existía otra sala para el espectáculo, a mi tío le llamó la atención el depósito de un sillero, quien dio permiso para usarlo, con la condición de no sacar los carros que ahí guardaba. Mi tío se las ingenió para arreglarlo todo. Hizo quitar las carrocerías de los chasis, colocarlos uno al lado del otro en un semicírculo, y erigió con estas maniobras una fila de palcos de un estilo jamás visto. Un gran carruaje con puertas de alas, que había pertenecido antaño al arzobispo de Toulouse, fue transformado en palco de honor, y dos bellas diligencias, colocadas en las esquinas del orquesta, hicieron figura de palcos d'avant-scéne. Una segunda fila de palcos fue erigida de la misma forma, en lo alto de las ruedas de los carros, y todas las sillas de montar que el buen sillero poseía, fueron colocadas perpendicularmente al teatro en una especie de varas, de manera que formaban un patio, en el cual los espectadores por así decir cabalgaban una montura inmóvil. Jamás un espectáculo tan grotesco había ocasionado tanta risa.

El año siguiente mi tío regresó a Saint-Germain, y una importante transformación se había realizado en su personalidad. A pesar de haber ganado por un lado, había perdido por el otro; pues llegó de este viaje con un marcado gusto por los juegos de azar, a los que se dedicó con tanto afán que mi abuelo tuvo que abandonar su pequeña fortuna para pagar las numerosas deudas que contraía su hijo.

Fue en aquel tiempo (en el año 1787) que mi tío perdió a su padre. Murió a consecuencia de una caída de caballo; mi abuela siguió a su esposo poco después. A mi padre, aunque era diez años menor que mi tío, le fue confiada la gerencia de la herencia por el consejo de familia. Sencillamente era el más inteligente, a pesar de no ser siquiera mayor de edad. Mis abuelos no les dejaron gran cosa a sus hijos. A pesar de que mi tío ya había recibido por adelantado seis veces lo que le correspondía, mi padre compartió con él los doce mil francos en los que consistía la herencia.

En ese tiempo estalló la revolución, y mi tío, quien ya había llamado la atención por la firmeza de sus convicciones monárquicas, se vio obligado a escoger el exilio, en un tiempo en que todo aquel que formaba parte del «partido de la Corte» debía temer por su vida. Otra razón para esta decisión, y no menos importante, era que ya no tenía nada, y con su crédito agotado, acostumbrado como estaba a una vida grandiosa, no hubiera ya encontrado en ningún lugar una persona que le prestara un solo céntimo.

Tomó la decisión de regresar a los Baños, en donde esperaba aprovechar las fuentes de ingreso que le había hecho descubrir el juego. De manera que se despidió de París en el mes de mayo del año 1789 y llegó a Bagnéres, en donde modestamente se dio a conocer como un joven banquero de Hamburgo, a pesar de nunca haber recibido un solo escudo por su firma. Pero nadie parecía entender mejor de grandes proyectos comerciales que él; pues al escucharlo hablar se podía jurar que tenía las mejores relaciones en todos los grandes lugares de Europa. Conocía los nombres de los empresarios más famosos. Hablaba siempre, sin la menor emoción, de las increíbles operaciones financieras que había realizado en las últimas ferias de Frankfurt o de Leipzig, y lo único que nadie entendía al escucharlo bien, era el hecho de que ningún soberano de Europa le hubiese concedido el mando de la política financiera, y que siguiera perdiendo su precioso tiempo en los Baños cuando había tanto que podía hacer por el bienestar de sus conciudadanos.

En otra ocasión encontró medios y caminos para convencer a un príncipe ruso de que poseía una mina de mármol de su propiedad en Siberia, cuya explotación debía traer millones. Firmaron un contrato, que mi tío, posteriormente, vendió a un comerciante florentino por 50 000 escudos. Este último viajó a Rusia y gastó 600 000francos excavando en la cantera, de la cual no pudo siquiera extraer mármol suficiente para hacerse una mesita de noche.

En el año 1796, mi tío regresó a París y se lanzó a los negocios. Obtuvo una posición en los suministros para la campaña militar italiana, y en 1799 era uno de los principales proveedores del ejército de Pichegru en Holanda.

En el transcurso de ocho años, hizo fortuna, la volvió a perder, la hizo de nuevo, y se la comió cuatro veces. En pocas palabras, cuando un día le confesó a mi padre que no poseía ni un solo louis pero que al mismo tiempo estaba dispuesto a hacer una apuesta de mil louis, a que regresaría de Spa, a donde planeaba ir para la temporada de los baños, con cincuenta mil francos, mi padre hubiera perdido la apuesta, y mi tío la hubiera ganado.

Durante quince años completos, mi tío no tuvo otros medios de subsistencia que aquellos que resultaban de su talento en la mesa de billar, en el piquet y otros juegos, los cuales sin embargo no practicaba en ninguna otra parte sino en los baños termales más sofisticados o en París, en el Pavillon d'Hanovre, u en otros establecimientos del mismo tipo. Su suerte era tan constante que era tentador pensar que se trataba también de cierta destreza.

Pero la prueba definitiva de su honestidad era la punta de su daga o la bala de su pistola, y mi tío había utilizado este medio tantas veces con éxito que terminó por vencer a todo el mundo, aunque sin convencer a nadie.

De todos modos, también a él le llegó el momento en que este sueño de suerte empezó a empalidecer, por cierto después de haber durado cuarenta años. Sucedió en el año 1821; acababa de regresar de los Baños de Plombiéres, en donde había pasado la temporada anterior. Pero esta vez había regresado sin un solo céntimo en el bolsillo. Obligado a instalarse en una pequeña habitación amueblada de la Rue Saint-Nicolas d'Antin, quiso volver a empezar el tipo de industria que había practicado antaño con tanta suerte en París y en otros lugares. Pero ¡ay! En el billar ya no tenía aquella seguridad en la puntería, gracias a la cual antes lograba terminar la partida sin olvidar una sola bola; en el ecarté ya no tiraba los reyes con tanta frecuencia, en el imperial sus oponentes daban cartas mejores que las suyas, y en el piquet le temblaban las manos cuando le tocaba barajar las cartas. Si la estrella de mi tío había empezado a palidecer en Plombiéres, en París desapareció totalmente.

Toda mi elocuencia no es suficiente para describir el profundo pesar que súbitamente se apoderó de este hombre que siempre había afrontado con una sonrisa los acontecimientos más tristes de la vida. Después de una partida de ecarté, en la cual había perdido todo su dinero —en tres partidas había sido derrotado tres veces consecutivas— una fiebre violenta se apoderó de su cuerpo, y a la mañana siguiente el dueño del hotel se hizo de su maleta, que contenía todas sus posesiones (algo de sábanas y ropa), incluyendo una hermosa cola de billar, que le había ganado una vez a un carpintero famoso de la capital, para retener en sus manos una especie de hipoteca por todo lo que mi tío le debía en concepto de habitación y comida.

Mi tío no pudo soportar este último golpe. Desde ese instante, su enfermedad fue empeorando de una manera tal que era tan preocupante para él como para sus acreedores, y esta enfermedad no consistía en otra cosa que en el agotamiento total de toda su maquinaria humana, tanto en lo moral como en lo físico. Puesto que había agotado todas sus fuentes de dinero, al final todavía tuvo el valor de hacerse llevar al Hospital de la Caridad en un coche de punto, y allí exigió que se le tratara de manera privilegiada. Para ello dio como motivo que de todas maneras, la octava parte de todo lo que se perdía en el juego le correspondía a los hospitales, así como la quinta parte del precio de todas las entradas para los espectáculos, de manera que en los últimos cuarenta años ya había pagado su puesto en el hospital por adelantado, y que sólo se le estaba devolviendo lo que en cierta manera él había prestado.

En efecto, ingresó en el hospital el 3 de enero de 1822, los bolsillos llenos de paciencia y filosofía. En cuanto a su orgullo, tuvo la inteligencia de dejarlo delante de la puerta, consciente del peligro de que luego al dejar el hospital bien podría no recuperarlo. El año que duró su enfermedad le brindé todos los consuelos y le ofrecí todo el apoyo que estaba en mi poder. Iba a verlo frecuentemente para visitarlo y aquellos días que no podía liberarme de mis ocupaciones, él pasaba su tiempo escribiéndome cartas y, así lo llamaba él, «poniendo orden», en sus papeles, pues tuvo que darse cuenta de que había llegado al final de su carrera. Me reservo el derecho a publicar un día esta correspondencia, que es picante e instructiva, gracias a la originalidad del conjunto y a los variados comentarios de los que está salpicada.

Es también aquí, en la Caridad, en donde mi tío escribió el tratado erudito que le entrego ahora al público.

A finales de este año (a principios de diciembre), cuando estaba a punto de apagarse, abandonó el hospital para compartir conmigo mi modesto apartamento. Allí se dejó invadir por el triste pensamiento de que se vería irremediablemente obligado a entrar en bancarrota con el miserable mundo igual que con sus acreedores. En efecto, me lo pregunto: ¿Podía mi tío, si se toma esto en serio, tener escrúpulo alguno en haberse embolsado, año tras año, aproximadamente cincuenta mil francos (algo más o algo menos) como «impuesto» de sus conciudadanos? No, se puede decir que veía venir el momento fatal de la manera más consciente. Pero como quería morir en paz y con la conciencia limpia, ocupó sus últimos días pasados en la tierra averiguando las direcciones de sus numerosos acreedores, pues tenía la intención de participarles personalmente su incapacidad de pago.

Eran en total doscientos veintidós; los citó definitivamente para el 19 de mayo. Como lugar de reunión había escogido el restaurant de Gillet en la Porte Maillot, en el salón que tenía capacidad para cuatrocientos cubiertos. La mayoría de los presentes no tenían idea de lo que mi tío quería de ellos en ese lugar, pero el respeto y la admiración que le guardaban por su ingenio, que tantas veces había demostrado en los tiempos de su brillante trayectoria, era tan grande que nadie faltó a esta cita.

Mi honorable tío se dejó llevar en un coche de punto, pues no tenía siquiera fuerzas para caminar; de manera que le hubiera sido imposible dar por sí mismo estos pasos. Cuando llegó al lugar de la cita, hizo erigir una especie de estrado con una bergére, en la cual quería sentarse para hablarle a su pueblo, y además una primera fila de butacas alrededor, luego una segunda fila arriba encima de las mesas, que para ello había hecho instalar; todo este arreglo sin duda alguna, recordando aquella sala de teatro que había improvisado cuarenta años atrás en Bagnéres. Después de haberse instalado todos sus acreedores en sus asientos, mi tío se sentó en medio de ellos con tranquilidad y dignidad, y empezó por disculparse de que su voz fuera tan débil; pues desde su salida del hospital le costaba mucho expresarse claramente. Y tras de haber acumulado sus fuerzas una última vez y haber hecho memoria de todos los viejos recuerdos, hizo más o menos el siguiente discurso:

«Caballeros...». (Mucho movimiento, suspenso y atención, finalmente un profundo silencio).

«El gran libro de cuentas dentro de poco se va a cerrar para mí. Hace ahora sesenta y un años que mi cuenta fue abierta arriba en el cielo. La balanza de esta cuenta, no nos corresponde ni a ustedes ni a mí hacerla. De esta tarea se encarga Dios, quien también ha llevado con esmero el diario de mis pensamientos y acciones hasta el día de hoy». (Un viejo usurero hizo en ese momento la señal de la cruz). «También veo a Dios dispuesto a empezar las interminables sumas de esta cuenta corriente, y me haría temblar de miedo conocer hasta que punto soy su deudor, si su crédito no fuera tan infinito como su bondad».

Este discurso conmovedor hizo sacar sus pañuelos de los bolsillos a doscientos veintidós acreedores, los cuales parecían derramar algunas lágrimas, sin duda alguna debidas a la emoción. Mi tío tomó una pulgarada de tabaco y continuó su charla:

«Aunque después de mi colocación de fondos me sea difícil contar con el Creador, me ha dado sin embargo el coraje y la fuerza que necesito para ajustar mis cuentas con cada uno de ustedes definitivamente, antes de mi muerte, pues lo siento en mi alma, mi última hora ha llegado». (Se oyeron varios sollozos).

«He aquí mi diario, he aquí mi libro principal. El cuaderno en el cual están escritas todas mis obligaciones, mi agenda en orden alfabético. Todo está revisado, paginado y parafraseado según el hábito de un hombre que lleva ordenadamente sus negocios, y que desde el primer día de sus acciones hasta el último minuto, da a conocer sus operaciones, desde la más importante hasta la más insignificante».

Los ojos de todos los acreedores estaban ahora fijados en un montón de papeles que mi tío se había guardado de enseñarles de cerca.

«Cada uno de ustedes encontrará aquí escrito: la suma total de lo que se le debe, contando capital e intereses». (En este momento nuevas lágrimas, también debidas a la emoción). «Pero, señores, estarían equivocados al pensar que aquí existen pasivos y activos, como es habitual para los comerciantes agremiados». (Gran movimiento, suspenso y atención). «No, señores, no. Sólo les presento pasivos». (Movimiento, pero en sentido contrario al de antes). «Sin embargo, no teman recibir diez por ciento o veinte por ciento o hasta cuarenta por ciento de lo que les debo legalmente». (La atención redobla). «Soy incapaz de una tal bajeza, sería una gamberrada, y prefiero optar por no pagarles nada en absoluto. Y ésa es mi decisión. ¡Todos ustedes no recibirán ni un solo céntimo!». (Nerviosismo general, seguido por murmullos. Voces: «¡Escuchad! ¡Escuchad!»). En este momento, se suena la nariz mi tío, toma un trago de agua azucarada y prosigue de inmediato con calma y confianza absoluta:

«Sí, señores, ¡escuchadme!… Mi padre me dejó al morir como única propiedad unos cuantos folletos, en los que describía una gran variedad de mejoramientos que se podrían hacer en el sistema financiero que rige en Francia. ¿Acaso hubiera yo podido vivir de eso? Os lo pregunto…». (Acuerdo en el centro, un comerciante de comestibles: «¡Es verdad!»).

«Fue así que descubrí el gran significado del crédito, y me di cuenta de que está basado y reposa en un solo método, ciertamente peculiar, pero muy sólido: que con una fidelidad inquebrantable no hay que pagarle deudas a nadie». (¡Oh!). «Los he elegido para ser testigos vivientes de este importante descubrimiento». (Movimiento).

«Si tienen la menor duda, les propongo que echen un vistazo a estas escrituras, y de seguro, fío en que encontrarán que jamás he hecho el menor pago a nadie, sea quien sea». (El nerviosismo se redobla). «Todavía no sé si a continuación tendrán motivos para alabar mi descubrimiento». (Vacilación acentuada). «Pero yo siempre he considerado como mi deber —y esto hasta el último momento de mi existencia política y social—, repartir mis préstamos, que muy frecuentemente fueron obligatorios, de tal manera que el día de mi fallecimiento sean compartidos por un número elevado de cabezas, y sobre todo por los más ricos». (Consentimiento generalizado, con la excepción del viejo usurero).

«Pero señores, ¿qué significa esta miserable pérdida comparada con aquellas que despiadadamente les propina el miserable sistema financiero, que acaba de serles presentado?». (Silencio en el centro, sonrisas en la izquierda y, en la derecha, serenidad). «Francamente una bagatela, comparada con las incalculables ventajas que tendrán en el futuro con el nuevo sistema de crédito, préstamo, y amortiguación que estoy por presentarles. He asignado a mi sobrino la tarea de desarrollarlo, redactarlo, e imprimirlo, para que sea útil a la colectividad, y para que, por mi ejemplo, se le abra al Estado una nueva fuente de felicidad». (Júbilo y aprobación).

«¡Sí señores! Si ahora quisiera extenderme sobre los beneficios que les he aportado y los que aún estoy por ofrecerles, me sería en efecto muy fácil probarles que son ustedes mis deudores, pero, prefiero despedirme de ustedes con el sentimiento halagador que estamos totalmente en paz». (Una voz: «¡Oh, eso es demasiado!»).

«Llego a la conclusión, señores; les ruego le presten atención a mi último mensaje». (Silencio profundo).

«Le he servido de ejemplo al rico. Le he ayudado al pobre. En realidad no he hecho otra cosa que desplazar algunos de sus inmensos capitales para llevarlos a plazas donde podían ser mejor utilizados. Empecé con el nivelamiento de las montañas de oro que el destino inconscientemente amontonó sobre ustedes. El destino hasta ahora fue ciego, de forma que le he abierto los ojos, mis Memorias harán el resto…». (Murmullos rabiosos generalizados).

Después de estas palabras, mi tío se dejó caer en la bergére, agotado por el esfuerzo que había realizado en demostrarles a sus deudores, sin ostentación pero de positiva manera, que debían estimarse dichosos por el hecho de que él ya no les debía nada.

Es verdad que el final de su discurso, del todo sorprendente, había generado sentimientos contrapuestos, también de carácter antagónico. Algunos querían ahorcarlo, mientras que otros se resolvían en un sentimiento de éxtasis y de admiración.

Pero poco a poco se fue imponiendo en esta masa de acreedores un concepto de generosidad que resultó en que cada uno de ellos se dirigió hasta el pie del estrado, en donde dos señoritas del restaurante Gillet se encargaban de despertar a mi tío de su desmayo, y depositaron allí las letras de cambio, las cuentas, las obligaciones, los bonos con las órdenes de pago de la Corte, en resumen, todo aquello que forma parte del paquete habitual y que este honorable ciudadano jamás había firmado en el transcurso de cuarenta años.

Cuando mi tío volvió a recobrar sus sentidos y vio el montón de papeles sellados y letras de cambio que de común acuerdo se había colocado a sus pies, no pudo contener la alegría que este espectáculo le proporcionaba, por todos los recuerdos que despertaba en él. Hizo un nuevo esfuerzo para reunir energía, elevó estos trofeos con sus manos temblorosas en el aire, como para enseñárselos al mundo entero, y con lo que le quedaba de voz, exclamó: «Como último favor quiero pedirles sólo una cosa. Señores, prométanme que comprarán mi obra tan pronto como aparezca en las librerías». Todos se lo juraron, y expiró entonces su último suspiro en mis brazos.

La muerte inesperada de un hombre generoso es el más triste suceso que puede presenciar la sociedad y también sus acreedores, si los tiene. El fallecimiento de mi tío fue percibido ejemplarmente por un fabricante de piedras de mármol, cuya especialidad eran los monumentos funerarios. Con un afán que sólo puede venir de lo más profundo del corazón, se dio prisa en hacer una colecta que le permitiera erigir una modesta lápida en su tumba, para eternizar el recuerdo de este hombre genial El proyecto se hizo realidad y mi gentil tío fue enterrado en el cementerio de Montparnasse, al que mi tío otorgó el don de su presencia el 22, de mayo de 1823. Todos sus acreedores lo acompañaron hasta su tumba.

Unos días después una lápida cubría sus restos mortales. Y en este monumento se puede leer cada día que nos regala Dios, esta simple pero conmovedora inscripción, que fue inspirada sobre todo por el agradecimiento, pero también por la admiración, y que fue grabada a mano por el buen fabricante de mármol:

Aquí descansa

el inventor

del

«Arte de pagar sus deudas y

satisfacer a sus acreedores,

sin gastar un solo céntimo»

22 de mayo de 1823

Requiescat in pace

AFORISMOS

Axiomas y nuevos pensamientos que uno nunca podrá aprender lo bastante antes de estudiar las teorías enseñadas por mi tío.

I

Mientras más deudas se tienen, más crédito se tiene; mientras menos acreedores se tienen, menos ayuda se puede esperar.

II

Quien no consigue crédito, inevitablemente entra en quiebra, pues mientras más crédito se tiene, más movimiento de ventas se logra. Mientras más movimiento de ventas se logra, más negocios se hacen. Mientras más negocios se hacen, más dinero se gana.

III

Contraer deudas con gente que no tiene lo suficiente implica incrementar la confusión de la sociedad, la proliferación de la desdicha. En cambio, deberle dinero a gente que lo tiene en demasía, significa todo lo contrario. Crear un equilibrio para la miseria, hacer una contribución a la nivelación social.

IV

Quien tiene un mínimo de principios tiene que pagar sus deudas. De una manera o de otra. Es decir, con dinero o sin dinero.

V

Un acreedor mal educado, descarado y mal hablado, que sólo contesta a las buenas razones que usted le expone con barbaridades —suponiendo que sus razones sean buenas y que usted no le dé nada más—, este acreedor, le está otorgando sin saberlo él mismo, un recibo perfectamente valedero que cubre todo lo que usted le pueda deber.

VI

Hasta con la mejor administración, una nación siempre se divide en dos partidos totalmente opuestos. Puede ser esta nación tan grande como quiera, tan unida como pueda, pero siempre sucederá.

Es decir:

Primer partido: individuos que roban. Éste es el partido más fuerte.

Segundo partido: individuos que son robados. Éste es el más grande.

Dejo al lector escoger el partido que más le convenga, pues no es posible escoger un partido neutral o de transición (como se hace en política); ¡según nuestra interpretación no puede existir tal partido!

VII

LA población de un imperio o de un reino también consiste en dos clases de gentes: los productores y los consumidores. Los productores no son otra cosa que los acreedores. Los consumidores que gastan dinero son los deudores. Es decir: si no existiera gente que gasta dinero, entonces también la gente que produce, que crea valores, sería superflua. O sea que son aquellos que gastan, los que permiten vivir a aquellos que producen, los que crean valores. Por consiguiente, resulta que una persona que crea valores, un productor, es decir un acreedor, le debe algo a los deudores o consumidores: el no tener que pagarle lo que se le debe. Pues si no le debieran nada, lógicamente se moriría de hambre.

VIII

Como es conocido, la situación brillante de un Estado está en directa relación con el montante de su deuda (¡por ejemplo, Inglaterra!). Si hace una conclusión análoga sobre los individuos, pues —¿qué obtiene?

IX

Puesto que la propiedad sólo existe cuando hay un propietario, toda persona tiene derecho a cualquier propiedad desde el momento en que nace.

X

Es obvio que el mundo está compuesto de personas que tienen demasiado y de gente que no tiene lo suficiente. Su deber es, en lo que concierne a su propia persona, establecer el equilibrio.

XI

Es mejor deberle cien mil francos a una sola y misma persona, que deberle mil francos a mil personas, a un mismo tiempo.

XII

El número de individuos que se sienten incómodos porque tienen demasiado dinero que no saben cómo gastar, es igual de grande que el número de aquellos individuos que están incomodados por no saber qué hacer para tener algo más de dinero.

XIII

Entre aquellos que tienen deudas, sólo aquellos que cometieron el error de empezar a pagarlas terminaron en la cárcel de Sainte-Pélagie. Sería insensato meter ahí a aquél que tiene deudas desde hace tiempo y jamás ha pagado ninguna.

XIV

Quien bien camina y tiene un buen ojo no puede ser privado de libertad, a menos que él mismo lo desee.

XV

Sólo existen en el mundo dos plagas de las que todas las fuerzas del mundo no bastan para protegerlo: la peste y los alguaciles.

XVI

Matarse por no poder pagar sus deudas a pesar de tener la intención de hacerlo, es, de todo lo que se puede hacer, lo más torpe. Pues si es verdad que se tienen obligaciones hacia su acreedor, entonces hay que vivir para ellas, y no morir.

XVII

«… ¡Lo que otro tiene en el bolsillo estaría mucho mejor en el mío!… ¡Lárgate, para que pueda sentarme yo en tu puesto!…». En pocas palabras, éste es el principio básico de toda moral.

LECCIONES

PRIMERA LECCIÓN

DE LAS DEUDAS

De la imposibilidad de no tener deudas • ¿Qué se entiende por la palabra deudas? • Sus diferentes subespecies • Su número, su significado, y su valor según la interpretación de mi tío • Monte de Piedad

"Dónde está el hombre dichoso de nuestro siglo" (solía decir mi, tío), que en los últimos treinta años, en medio de los asignados y por culpa de ellos, como por los pagarés, la derrota política y la bancarrota (cuyo primer ejemplo fue dado por el mismo Estado), así como a consecuencia de las migraciones, de las confiscaciones de fortunas, de las requisiciones, de las pretensiones a la fortuna por medio de los llamados saneamientos y de las invasiones que cambiaron todas las condiciones de propiedad, en todo momento se encontraba, sin embargo, en condiciones de decir: No le debo nada a nadie…? ¿Qué nación, aunque hoy se encuentre sobre una montaña de oro, podría decir: Nunca le deberemos nada a nadie…? Lo he dicho anteriormente, y lo voy a repetir, siempre que tenga ocasión de hacerlo: Francia misma, tan rica como es, está compuesta de dos clases de personas: los deudores y los acreedores. En otras palabras: la clase productora y la clase consumidora».

Pero volvamos al tema central que me ha de ocupar, y tratemos de definir de manera clara y precisa ese asunto que llamamos deudas. Llegaremos más lejos si analizamos esta palabra en todos sus significados posibles…

Este término, tomado en el sentido estricto de la palabra, significa: aquello que se le debe a alguien. Afortunadamente también se entiende frecuentemente con deudas lo que se nos debe a nosotros, es decir crédito. Para evitar confusiones, hay que hacer la diferencia entre una gran variedad de deudas diferentes, por lo que me he propuesto dar una explicación de cada una de sus expresiones.

Toda aquella gente que contrae entre sí obligaciones, puede granjearse deudas. De ello se deduce lógicamente también el caso contrario: aquellos que no pueden contraer obligaciones, no son capaces de producir deudas. Por lo tanto, los menores, los hijos que no han llegado a la madurez, las mujeres que están bajo la autoridad de sus esposos, se encuentran en la imposibilidad de contraer deudas sin el permiso de aquellos que los dominan, es decir sus progenitores o responsables, sus padres o sus esposos.

Se pueden generar deudas oralmente o en cualquier tipo de forma escrita, bien sea por cambios o por pagarés, por decisión de la Corte u otras sentencias de veredicto semejante.

Las razones por las cuales se contraen deudas corresponden todos aquellos asuntos en los cuales uno se compromete, como por ejemplo viviendas, alimentos, alquiler, préstamos, adelantos, etc.

Nuestra jurisprudencia reconoce veintiséis diferentes tipos de deuda, que han sido determinados uno por uno, y que mi tío explica de la forma siguiente:

A SABER:

1.º DEUDAS ACTIVAS. Activas desde el punto de vista del acreedor, o mejor dicho, del crédito. Por ejemplo el crédito de un tabernero en cuyo establecimiento se come desde hace tiempo, y a quien se le debe dinero desde el mismo instante en que se inició este hábito. Este crédito tiene que ser llamado deuda activa.

El término deuda activa significa todo lo contrario de deuda pasiva. Sin embargo, esta última es casi idéntica a la primera, con una sola diferencia. Por deuda activa se entienden todos aquellos montos que se deben porque ya se ha comido en donde el tabernero, sin pagarle, y hasta el día de hoy. Bajo deuda pasiva va el dinero que, le vamos a deber en el futuro, cuando decidamos seguir comiendo en su establecimiento sin abandonar la práctica de no pagar.

2.º DEUDAS VIEJAS, sobre todo hipotecas.— Son aquellas que preceden a todas las demás. Son de todas las deudas las más difíciles de contraer, puesto que son las primeras, y porque son fáciles de eliminar. Esto es debido a que hay ocho maneras diferentes de amortiguarlas, sin siquiera abrir su portamonedas. Cosa que vamos a demostrar más adelante.

3.º DEUDAS ANUALES, son las deudas que se renuevan año tras año como una renta, una pensión, la totalidad de una suma que se paga a lo largo de los años; aquellas que no se pagan a comienzo o a fin de año, y se promete pagar el doble al año siguiente, y así progresivamente. Es lo que se llama en Derecho debitum quot annis.

4.º DEUDAS CADUCAS, son aquellas que no tienen ningún valor para el acreedor, puesto que no tiene ninguna esperanza de recibir algún día su dinero. Hay que arreglárselas para tener sólo deudas de este tipo o, por lo menos, que sean la mayoría.

5.º DEUDAS CLARAS, aquéllas en las que el objeto de la deuda está claramente definido, y en las que el monto de todo lo adeudado está perfectamente definido y especificado. Por ejemplo deberle tres cuartales a su propietario, significa: contraer una deuda clara con él. Si usted también logra deberle el cuarto cuartal, entonces el propietario ha sido pagado «claramente», según lo especifica la ley.

6.º DEUDAS CONDICIONALES. Son aquellas que sólo existen como tales bajo ciertas condiciones. Por ejemplo: «Le pagaré cuando reciba dinero».

Si no se recibe nada, no se paga nada. Como lo estipula la jurisprudencia: Si navis ex asia venerit. Esto significa: cuando la nave llegue a tiempo.

7.º DEUDAS CONFUSAS, son aquellas cuyas bases jurídicas están algo enrolladas, de manera que la misma persona resulta al mismo tiempo acreedor y deudor del mismo objeto, y por lo tanto acreedor y deudor del mismo individuo; de manera que ni el uno ni el otro tiene suficiente claridad sobre la naturaleza de sus deudas. Y si uno de los dos confunde las bases o las razones, entonces de esta forma ya está «amortizando».

8.º DEUDAS DUDOSAS, son aquellas que no han caducado, pero cuyo pago no está asegurado por esa misma razón. Se trata de una especie de promesa que se obtiene periódicamente de manera confusa del deudor.

9.º DEUDAS ANULADAS, son aquellas que ya no se pueden exigir, sea porque están prescritas, o porque ya no se puede obtener una sentencia de pago mandatario de la Corte; esto se conoce en el idioma de la jurisprudencia como prescripción.

10.º DEUDAS EXIGIBLES, son aquellas que se pueden reclamar de inmediato por intermedio de la Corte competente, sin tener que esperar una demora o el surgimiento de alguna condición.

«Las letras de cambio», las «cartas de crédito» y las «obligaciones» de cualquier tipo, una vez que están firmadas, pueden ser consideradas dentro de esta categoría de deudas exigibles. Quien contrae tal deuda exigible, entierra desde la base hasta la punta superior el andamio sobre el cual está fundado todo nuestro sistema crediticio.

11.º DEUDAS LEGALES, son aquellas que hay la obligación de pagar, bajo pena de quebrantar la ley. El medio que será descrito posteriormente en la nota sobre la octava manera de deshacerse de sus deudas, es la única manera posible de lograr su amortización.

12.º DEUDAS LEGÍTIMAS. Son aquellas que tienen una justa razón y no resultan estrafalarias.

Por ejemplo: le pido prestado un billete de mil francos a un amigo íntimo que conocí la noche anterior. Y prometo devolver el billete de mil francos a la mañana siguiente. Él me lo presta sin exigir tasas y sin que le dé ninguna garantía. Yo no le devuelvo el billete de mil francos, a pesar de que él me pide devolvérselo varias veces, y como con éste amigo íntimo sólo tengo una deuda amigable legítima, se la restituyo en forma de gracias; de manera que la pagué, aunque esta forma de pago no tenga valor en el mercado. El «amigo íntimo» está, para bien o para mal, obligado de darse por satisfecho con este estado de cosas.

13.º DEUDAS ILEGÍTIMAS. No conozco verdaderas deudas de este tipo.

14.º DEUDAS LÍQUIDAS. Son aquéllas en las que el precio del objeto es determinado desde el principio. Todas las deudas de «café», por ejemplo, son verdaderas deudas líquidas.

15.º DEUDAS NO LÍQUIDAS o también llamadas DEUDAS SÓLIDAS, son todas aquellas cuya base no está fijada irrevocablemente. Por ejemplo, usted tiene la intención de repartir el monto de tres mil francos entre tres acreedores, pero no sabe de memoria cuanto le corresponde a cada uno. Por esta razón, usted se ve obligado a esperar hasta que estas tres personas le presenten sus facturas al mismo tiempo, para que la repartición se haga en la justa proporción. Pues bien, este tipo de deuda corresponde a las no líquidas. Las deudas que, por ejemplo, se contraigan con un sastre, deben siempre incluirse en esta categoría, porque usted verdaderamente no sabe lo que le debe, salvo mucho tiempo después de haber sido atendido. Esta pues, es una deuda no líquida, o mejor dicho: una deuda sólida.

16.º DEUDAS OBJETABLES, son, obviamente, aquellas que se pueden objetar. Por ejemplo, un vendedor de telas le vende un pañuelo Elboeuf como si fuera de Louviers; a pesar de que usted no piensa pagar ni el uno ni el otro, se trata de una deuda objetable.

17.º DEUDAS PERSONALES, son todas las que se pueden pagar personalmente con dinero. Si no se puede, entonces no existen.

18.º DEUDAS PRIVILEGIADAS, son aquellas que hay que pagar antes que todas las demás, cuando uno se ve obligado de tomar una decisión tan extrema.

19.º DEUDAS LIMPIAS, son una especie muy especial de deudas privadas: mínimo cien mil francos, máximo dos millones. Más allá de este monto las deudas son ya deudas de Estado. Tal tipo de deuda limpia y privada, al igual que toda deuda del Estado, no obliga al deudor a nada.

20.º DEUDAS, SIMPLE Y LLANAMENTE, simplemente significa: comprar, tomar, pedir prestado, prestar, consumir, sin pagar. Este tipo de deudas son en efecto puentes de asnos.

21.º DEUDAS REALES. Son aquellas que están libres de usura. Una letra de cambio, por ejemplo.

22.º DEUDAS SUCIAS. Son, por ejemplo, las deudas del zapatero. Estas deudas no pueden exceder jamás los dos francos y veinticinco céntimos, es decir el precio de un par de pantuflas, para que continúen manteniendo su sentido.

23.º DEUDAS PRESUNTAS. Son aquellas que se contraen sólo para fingir, pero que al final terminan convirtiéndose en realidad.

Por ejemplo: atestiguar por un amigo con su firma que pagará cuando deba, confiando en su palabra.

24.º DEUDAS SOCIALES. Significa pedirle prestados diez, veinte o veinticinco napoleones a su vecino después de haber perdido en el écarté, para poder seguir jugando contra él.

25.º DEUDAS PRESCRITAS. Es por ejemplo una deuda que se contrajo antes de ser mayor de edad. Se puede pagar después de la muerte, si uno lo prefiere.

26.º DEUDAS USURARIAS. Son aquéllas en las que el acreedor entregó su dinero a un interés de cuarenta y ocho por ciento o cualquier otra cifra que se encuentre por encima de la permitida por la ley. Un hombre con principios no puede aceptar jamás un dinero que se le prestaría contra su firma, con una tasa de cuarenta y ocho por ciento al año, por la simple razón de que la muy filantrópica institución del Monte de Piedad se conforma con la mitad; además, sólo presta con una fianza que esté por lo menos cinco veces por encima de lo que presta. Eso significa veinticuatro por ciento por año, si se calcula correctamente y se añaden todos los costos. Además no hay que temer un secuestro corporal, lo cual no significa poco. Hablaré de esto en mi novena lección.

SEGUNDA LECCIÓN

SOBRE LA AMORTIZACIÓN DE LAS DEUDAS

El principio de base • Verdad y prejuicios • Diversas formas de anular o pagar sus deudas, del tipo que sean • De la prescripción Escapatorias, tal como las enseña el libro de leyes • Peligro del pago a cuenta • Una carta de mi tío • Consecuencias catastróficas del pago en efectivo • Satisfacción de los acreedores

En principio, debe intentar hacerse amigo de todos sus acreedores, y cuando digo amigos, pienso en amigos que verdaderamente le quieran y que así se lo demuestren dándole más crédito. Por lo tanto tiene que actuar de manera tal que ellos —los acreedores— estén más interesados que cualquier otra persona en conservar y prolongar su estancia en la tierra, que se preocupen cuando esté enfermo, aunque sea con un simple catarro, y que tiemblen cuando pille una pulmonía.

Si se le ocurre pagar a esta gente, o hacerles un pago a cuenta en dinero líquido, entonces destruirá este interés. Su tierna preocupación se convertiría inmediatamente en indiferencia. Si en algún momento se le ocurriera entregar una letra de cambio, un pagaré, u otro documento que cancele sus obligaciones, entonces seguramente le sucederá que cuando esta gente se tope con uno de sus amigos íntimos, o cuando se encuentren en un lugar en donde se habla de usted, ni siquiera pregunten por usted. El dinero que usted les habilitaría no tendría otra consecuencia que la de convertir a esta gente preocupada en individuos fríos e indiferentes. Lo único que les puedo aconsejar en este caso: simplemente prometerles algo sin determinar una fecha precisa. De esta manera conservarán hacia usted ésos sentimientos tiernos y calurosos que constituyen el encanto del amor, y además aumentará el crédito que pueda obtener.

Hay una verdad indiscutible que mi tío olvidó en sus «Pensamientos y Escrituras Diseminadas» que tengo que comunicar al lector: siempre es mejor encontrarse sin un céntimo en el bolsillo que sin crédito.

Lamentablemente existe un prejuicio fuertemente arraigado, según el cual, tarde o temprano, no hay más remedio que pagar las deudas. Y esto es lo que destruye a los individuos consumidores. Pues desde el momento en que empiezan a pagar, desaparece el crédito. Por eso, empiece por no pagarle a nadie, y termine de la misma forma, así podrá decir que le fue bien. Si a los veinte años tiene un crédito de veinte mil francos y sigue respetando este método, entonces de seguro tendrá cien mil francos de crédito antes de llegar a los cuarenta años.

Sea como sea, existen ocho maneras de pagar o amortizar sus deudas.

A SABER:

1.º Por pago en efectivo. Es sin duda la manera más simple de eliminarlas; si se quisiera utilizar este método, la obra de mi tío sería verdaderamente inútil.

2.º Convirtiendo una o varias deudas en una o varias diferentes. Este tipo de amortización, que tiene muchas ventajas para el deudor que razona, es comúnmente llamado enredo.

3.º Por la postergación voluntaria que le da el acreedor. Aquí quisiera notar que casi nunca se trata de un acto voluntario.

4.º Por la confusión que se genera cuando las características del acreedor y del deudor se confunden en una persona. El tiempo y la paciencia son los únicos medios para pagar este tipo de deudas.

5.º Por una obligación legal. Aquí vale el mismo comentario que para la primera manera.

6.º Por medio de la llamada «Imposibilidad de Entrega» o por la prescripción. Este método es tan excelente que más adelante quisiera hacer algunos comentarios al respecto.

7.º Por la declaración de invalidez de la Corte. Éste es un método demasiado perverso que nunca debe probarse. Siempre hay que tener en cuenta que es posible no ganar el proceso, y que entonces uno está a merced de la Corte, que se convierte en su acreedor. Con ella ya no pueden hacerse las manipulaciones que usted desee, sino que es ella la que las hace con usted tal como lo desea ella, a menos que los eventos ocurran en Normandía.

8.º Por la muerte del deudor, pero después de que se haya reconocido que es incapaz de pagar, o también por la muerte del acreedor, si no tiene nada por escrito de usted.

Es interesante hacer notar que siete octavos de las deudas que se contraen son eliminadas de esta forma, y esto tiene explicación lógica en el hecho de que el deudor al igual que el acreedor, después de un tiempo que inevitablemente tiene que pasar, también se extinguen uno después del otro y eso depende de la edad de unos y de la paciencia de los otros.

Acabo de decir que la prescripción es uno de los medios legales más eficaces para pagar a los acreedores, para librarse de ellos, sin darles un solo céntimo. Esta afirmación es fácil de demostrar con el Artículo 2271 del Código Civil, Libro tercero, Capítulo 20, y esta forma de pago es también la única que le puede ofrecer a sus acreedores, con la cual tendrán que conformarse para bien o para mal.

O sea, que usted quiere alojarse, comer, educarse, y además, por un impulso sumamente humanitario, darles trabajo a artistas y escritores que por el momento se encuentran desocupados, todo esto, lo repito, sin pagar un solo céntimo. Pues bien, no se preocupe más. El propietario de la casa, el tabernero, el profesor, el pintor, el poeta, todos en cierta forma se habrán pagado ellos mismos después de un cierto tiempo —justamente por medio de la ley sobre la prescripción—, después de haber esperado seis meses.

Así que puede instalarse en el Hotel Meurice, almorzar y cenar todos los días en Châtelin, en el Palais-Royal, aprender inglés o alemán, dejarse retratar por Millet o por Madame Salvador-Callaut, regalarle versos a su amada, enviados por uno de nuestros mejores fabricantes de versos, si no es capaz de hacerlos usted mismo, todo esto por el precio de dos francos que valen los cinco Códigos, que le comprará y pagará a su librero de la misma forma, para estudiarlos y profundizar tranquilamente en la ciencia del sublime Artículo 2271, que por sí solo es una mina de oro, más que eso, una verdadera fuente de felicidad.

A principios de este capítulo dije que hay que cuidarse mucho de pagarle a cualquiera de sus acreedores el más mínimo pago a cuenta, porque si no se corre el peligro de perder el crédito. Mi tío demuestra esta afirmación de manera tan triunfante, que me siento obligado, para que tenga mayor efecto un fuerte ejemplo, a dejarle la palabra a él mismo:

«Después de mi regreso de Plombiére», me escribió, «estuve comiendo durante todo un año en el local de un gentil tabernero del Faubourg Saint-Germain, quien estaba satisfecho con anotar todas mis comidas. Después de algo más de trescientos sesenta y cinco días de esta tenacidad, era su deudor por un monto de más de mil cuatrocientos francos, y súbitamente me enfermé. Pero qué grande fue mi emoción al día siguiente, en la mañana, cuando presencié la llegada de mi honorable tabernero a mi habitación, en compañía de su médico, quien era conocido en toda la ciudad por sus fantásticas curas, para las que no utilizaba ni lavativas ni sanguijuelas. Mi anfitrión me sacudió calurosamente la mano. Una dulce inquietud se dibuja en su rostro.

Me dejo medir el pulso. Le exige al médico una aclaración sobre la seriedad de mi enfermedad, éste le asegura que no es grave, pero se precisa más insistencia para tan sólo calmarlo un poquito. Para darle una pequeña oportunidad al tabernero, a quien quería inculcarle los primeros principios de mi método, terminé por declararme dispuesto a enseñar mi lengua, la cual no se veía nada mal y demostraba que mi estómago estaba sano.

Después de que el doctor declarara que la falta de comida sólo aumentaría mi febrilidad, que por el contrario era necesario que recibiera comida saludable, tuve la grata sorpresa de recibir en la noche del mismo día un caldo, o más bien una quintaesencia de jugo de carne, donada por el muy atento tabernero. Y durante los ocho días que hubo de durar mi enfermedad, me mandaba sin pausa, día tras día, los mejores productos de sus ollas. Por lo menos parecían serlo, a juzgar por los ojos de oro que flotaban en la superficie de las sopas. El caldo venía acompañado de milanesas de cerdo, que eran dignas del paladar más delicado, y de una buena botella de vino de Bordeaux. Este tratamiento y la dieta tuvieron su efecto, y tras poco tiempo me encontré como nuevo. Mi gratitud me llevó de inmediato al restaurant de mi sustentador, quien estaba encantado de verme nuevamente en mi mesa habitual. En ese lugar y en su presencia hice mis primeras pruebas, para ver hasta donde me alcanzaban mis fuerzas, con un filete de venado sauté au vin de madére, y las consolidé por completo con la mitad de un Poulet á la Marengo, una botella de Mercuray que bebí entre el Chester y el Moka, me dio ánimo, y mi victoria fue coronada con un vaso de Marrasquino.

Si sólo hubieses visto la satisfacción con la que este verdadero amigo admiraba los repetidos movimientos de mi muñeca y de mi codo, cómo se extasiaba ante la elasticidad de mi mandíbula, de mi paladar, en pocas palabras, ante mi buen apetito, ¡esta única garantía de sus pretensiones!… Desde ese instante mi crédito no tenía límites, y la "fuerza productora" —mi acreedor— estaba en el cielo… Imposible ser más feliz que él…».

Este fragmento de una carta de mi tío demuestra claramente las consecuencias de una serie ininterrumpida de deudas. La más mínima alusión a un pago a cuenta lo hubiera arruinado todo.

Pero si tenemos que citar un ejemplo más famoso para la desventura del pago, entonces me gustaría llamar la atención sobre el proyecto de ley que una vez propuso la Cámara de Diputados, y que la Cámara de París, en su gran sabiduría ya tantas veces demostrada, rechazó con el aplauso de toda Francia. Sabían muy bien qué nefasto efecto tenía el pago bajo todas sus formas. Devolverle su dinero a un acreedor, eso, significa: hacer de él una estatua sin vida, es decir: paralizar todas sus actividades, es decir: matar al comercio.

TERCERA LECCIÓN

SOBRE LOS ACREEDORES

Diferentes tipos de acreedores • No todos ellos son iguales ¿Quién tiene derecho a llamarse acreedor? ¿Basándose en qué derechos? • Acciones que les están permitidas a los acreedores Lo que les está prohibido • Diferentes costumbres • El clásico país de los acreedores

Entre los acreedores que se pueden tener, siempre se encuentran algunas personas sensibles y buenas que terminan por atarse al deudor, y sobre todo al deudor que nunca les ha pagado nada. Se ha podido observar cómo el acreedor se ha convertido en un amigo íntimo, que se exalta sobre problemas y preocupaciones que uno pueda tener, y que vierte lágrimas cuando percibe las señales de gratitud de uno.

Es un tipo de persona de gran excelencia. Una vez que uno los tiene a su favor, ya no hay forma de evadirlos. Simplemente ocurrió un cambio en su constitución moral: este tipo de acreedor, que por cierto escasea, ha adoptado el hábito de invitarlo o hacerle visitas, tanto es así que si usted no le habla durante veinticuatro horas, sentirá que su felicidad no puede ser completa. Su presencia se le hace indispensable. Pero no confíe en ello: todos no son así. Yo por mi parte he conocido una buena porción que no tenía inclinaciones tan filantrópicas.

Así que averigüe lo que verdaderamente significa la expresión: ¡un acreedor! Y como persona educada en ciencias, aprenda a diferenciar las diferentes clases, especies y variedades de acreedores.

Se llama acreedor al individuo a quien otro debe algo, como por ejemplo una cantidad de dinero, una renta, mercancía o cualquier tipo de entrega, basándose en el derecho y en criterios de diferentes tipos. Sin embargo, para verdadera y justificadamente llamarse acreedor de una persona, es necesario que aquél al que denominamos como deudor, se haya realmente comprometido, y de manera natural.

Uno se convierte en acreedor en base a un contrato, letra de cambio, pagaré, veredicto, delito, etc. Creditorium appelatione (dice la ley en el párrafo II ff: de Vers. oblig.) non hi tantum accipientur qui pecuniam crediderunt, sedamus quibus ex qualibet causa debetur.

Todos los acreedores son «hipotecarios», y los unos como los otros, son comunes o privilegiados.

Un acreedor puede hacer valer reivindicaciones diferentes sobre la misma deuda. A saber: una personal contra el comprometido o sus herederos; una reivindicación real, si se trata de bienes raíces; una reivindicación de hipotecas, una reivindicación sobre una herencia afianzada, etc.

Le está permitido al acreedor, para obtener su dinero, acumular todos estos tipos de persecución, como por ejemplo ejecuciones u órdenes de pago, con la condición de que se trate de un monto de por lo menos cien francos. También puede hacer uso del secuestro corporal, si la calidad de su exigencia lo justifica. Tal como se lo explicó al lector en mi octava lección.

Pero no le está permitido al acreedor apropiarse, por su propia autoridad y su propio poder, de la propiedad fija o móvil del deudor. Primero tiene que hacerla confiscar y luego venderla, todo esto por medio de la Corte. La razón estriba en que el acreedor no tiene derechos sobre lo que le pertenece al deudor. No tiene sobre ello lo que los sabios llaman jus in re, sino sólo jus ad rem, es decir que sólo tiene el poder de embargar al deudor o a sus sucesores, de pagarle en efectivo, o de restituirle el objeto en cuestión.

No se puede obligar al acreedor a «trocear» su deuda, es decir, aceptar una parte de lo que se le debe, o algo que lo sustituya. Asimismo no puede ser obligado a aceptar una transferencia de la deuda, o un pago en otro lugar que en donde tiene que realizarse.

Si varias personas juntas prestan algo, entonces no se puede ver a cada uno de ellos como acreedor, a menos que sea en relación a la parte que le corresponde, pero esto sí es posible cuando se estipule claramente que todos han de ser vistos como acreedores de manera solidaria, que cada uno de ellos puede exigir en el nombre de los demás el monto debido.

El hecho de ser acreedor otorga una base jurídica para rechazar a un testigo; también permite rechazar a un árbitro o a un juez.

Todavía tengo unas cuantas costumbres que describir, las cuales se aplicaban a acreedores de antaño. En Bourges, un acreedor podía personalmente apropiarse todas las pertenencias de su deudor, sin la autorización del Prévôt o del Voyer.

Todos los ciudadanos de Chartres gozaban de los mismos privilegios.

En Orleáns el acreedor no tenía que pagar costos de juicio cuando se trataba del pago de sus deudas, pues podía hacerse pasar por «extranjero».

En Normandía sucedía todo lo contrario. Pero en cierta forma allí era más difícil obtener el pago de las deudas por medio de la Corte que gracias al deudor mismo. Se sabe perfectamente que Normandía siempre fue considerada como la patria, el país clásico de los deudores y de los acreedores.

CUARTA LECCIÓN

SOBRE LOS DEUDORES

El Alejandro de los deudores • ¿Qué es un deudor? • Derechos y privilegios que le están reservados a los deudores • Costumbres judías, hindúes, orientales y francesas • Diferentes leyes que se aplican a los deudores • Costumbres reconocidas

Mi tío estuvo muy ligado a un muy famoso deudor, a quien todos conocemos y que tuvo deudas de muchos millones. Es uno de esos muchachos divertidos, de los que ningún acreedor podría jactarse de haberle sacado un solo céntimo. Pero él, por su parte, se baña en oro y plata, e hizo entregas para diversos gobiernos europeos, incluso adelantó capitales a monarcas sin fondos —pues no hay que olvidar que la especie de gente honorable sin dinero es grande ad infinitum—; por ejemplo, en los últimos tiempos, ganó 1200 francos por hora durante la última campaña militar. Es una mala suerte que este estado de cosas le durara sólo tres meses. Este individuo llegó al punto si de liberarse de toda ley o decisión penal de las que dominan el mundo de los negocios, tanto así que se hizo inalcanzable en cuanto persona y en cuanto a posesión de dinero.

A su servicio están testaferros y hombres de paja; y sólo se casó para tener otro nombre a su disposición.

Cuando hay que cobrar, embolsar, ganar dinero u ofrecerlo para propósitos de entrega, el Gobierno, sin falta, siempre lo encontrará allí, en carne y hueso. Pero cuando se trata de pagar, es sólo sonido y humo o una quimera de esas que cazan muchos románticos. Cabe añadir que estos románticos no tienen nada que ver con los deudores.

Sin embargo, también él tuvo que visitar aquel establecimiento tan útil que describo honorablemente en la décima lección de este libro. Pero se dijo que sucedió de una manera formal nada más, y que además él quería personalmente conocer ese lugar.

Lamentablemente sólo existen unos pocos deudores de este tipo, y todos los desdichados malgastadores de dinero para quienes escribo, están lejos de poseer las características necesarias para poder actuar de la misma forma. Es por eso que tengo que explicar qué cosa es un deudor y cuáles son los casos en los que se puede ser considerado como deudor.

Se le llama deudor a aquél que le debe algo a otro.

El deudor es llamado en las leyes romanas debitor reus debendi, reus promittendi, o simplemente reus. Pero hay que saber que esta palabra reus, cuando se encuentra sola, también puede significar culpable o acusado, es decir también el deudor y el acreedor.

Las Escrituras Sagradas le prohíben al acreedor atormentar a su deudor, sea mediante usura o mediante «malas palabras». (Exod. 22, Vers. 25).

Pero este reglamento siempre fue aplicado de manera muy incompleta, en todas las naciones, tanto las modernas como las antiguas. En el caso de los judíos, por ejemplo, el acreedor podía hacer encarcelar a su deudor si no le pagaba, e incluso podía vender a su mujer y a sus hijos. En estos casos, el deudor se convertía en esclavo del acreedor.

En Turquía las cosas eran todavía más extremas. Un acreedor musulmán tenía el derecho de empalar a su deudor una vez el plazo de pago hubiera vencido, incluso si el deudor era musulmán. Pero si el deudor era griego o judío, cristiano, católico romano, entonces con más derecho aún podía hacerlo empalar, y hasta «sin jabón»; pero sólo después de haber hecho la declaración obligatoria ante las autoridades.

La ley de las doce tablas era todavía más estricta; pues permitía el descuartizamiento del deudor, y el reparto de los pedazos de éste entre los acreedores como una especie de pago. Pero cuando sólo había un acreedor, no podía quitarle la vida a su deudor. Sólo tenía el poder de subastarlo en el mercado público al mejor precio.

En la India los acreedores no tenían tan malos hábitos. Se contentaban con acostarse con la mujer o una de las hijas (libertad de elección) del deudor, pero sólo lo podían hacer una vez.

Pero una idea de este tipo frecuentemente debe haberle costado caro al acreedor. De esta costumbre probablemente venga eso de «cobrar en especie»

(«Se payer sur la bête»).

El poder de declarar a su deudor incapaz de pagar y de retenerlo como esclavo en su casa, fue retirado a los acreedores por el tribuno Petilius, quien ordenó que el deudor ya no podía serle adjudicado como esclavo a su acreedor. Esta ley fue renovada y reformada setecientos años más tarde bajo Diocleciano; él eliminó por completo este tipo de esclavitud temporal, llamada nexus. De esto se habla en la ley, ob aes alienum códice de obligat. A partir del año 428 de Roma, los acreedores sólo tuvieron el derecho a retener a sus deudores en la cárcel pública hasta que pagaran.

Todo esto corrobora la convicción de mi tío, quien afirmaba que los acreedores eran tan antiguos como el mundo mismo, que desde el instante en que hubo dos hombres en la tierra, el uno tenía que convertirse en acreedor del otro, por leyes naturales.

Julio César, sintiendo lástima por los desdichados deudores, les otorgó el derecho de «cesión», que les permitía, para evitar el encarcelamiento, dejarles sus bienes a los acreedores, de manera que no tenían que abandonar la esperanza de empezar una nueva vida.

Así que la pena de muerte y la esclavitud fueron abolidas, y no quedaba contra los deudores nada más que la prisión. Pero sabe Dios, desde aquellos días hasta hoy, que los acreedores han aplicado abundantemente la ley de César, y que esta ley parece tener más vigencia hoy que nunca. Y es así que las buenas disposiciones desaparecen rápido, pero que las malas siempre vuelven a renacer.

Hay que saber que en los tiempos de los galos aquellos que no podía pagar sus deudas se dejaban esclavizar, y esto es lo que los romanos llamaban addicti homines. Pero en Roma, el deudor que no estaba capacitado para pagar, podía fácilmente obtener una prórroga de dos, y hasta de cinco años. En Francia, ni siquiera después de la ordenanza de 1669, los jueces independientes podían otorgar prórrogas, salvo por el decreto del mismo tesorero principal, lo que entonces se llamaba lettres de répit. De hecho también ocurría en Roma, que acreedor y deudor se juntaran en una persona, lo cual creaba una confusión, y ésta llevaba por sí misma a una amortiguación de la deuda, lo que por su parte mi tío tan brillantemente describió con la expresión enredo.

Finalmente, en la «Histoire générale des voyages» se encuentran una cantidad de costumbres extraordinarias sobre la forma de tratar a los deudores en distintos países. Se dice que en Corea el acreedor tiene el derecho de darle cada día quince bastonazos en los huesos de las piernas al deudor que no respetó el plazo de pago, y que es deber de los familiares el pagar las deudas de sus prójimos. En Francia es todo lo contrario, pues no pocas veces sucede que los acreedores reciban bastonazos de sus deudores, y que los familiares desmientan toda deuda de sus prójimos, y por lo tanto no la paguen.

QUINTA LECCIÓN

CARACTERÍSTICAS NECESARIAS

A saber para el que gasta plata, quien quiera que sea, cuando no posee dinero, para que pueda aplicar los reglamentos enseñados por mi tío y de esta manera satisfacer a sus acreedores.

Características físicas y morales • Su número y su especie • De la salud y del aplomo • Reflexiones • Ejemplos que pueden fácilmente ser aplicados

Una persona que gasta dinero pero no tiene dinero, aunque sí tiene deudas y sentimientos, y que además siente la feroz necesidad de satisfacer a sus acreedores, antes que todo tiene que haber sido dotado por la naturaleza de numerosos dones, puesto que el destino no le reservó bienes. Antes de empezar cualquier cosa, deberá someterse a un examen minucioso de sí mismo, en todos sus detalles. Este examen debe aclarar sobre todo dos puntos principales.

A SABER:

1.º El conocimiento total de sus propias características físicas.

2.º Lo mismo con respecto a la moral. Este examen, sumamente importante, exigirá de él la más estricta imparcialidad; pues si no pone sumo cuidado, el menor descuido hacia sí mismo podría tener consecuencias desastrosas, o peor aún, llevarlo a la cárcel de Sainte—Pélagie, en donde deberá repetir con calma y serenidad su primer examen. Por eso le advierto que no sea demasiado generoso consigo mismo si se otorga estos diplomas indispensables.

Por lo tanto, en cuanto a las características físicas, me siento en la obligación de considerar dieciocho y de hacerle notar que tienen un peso esencial. Y en lo que concierne a las características morales, sólo son ocho, pero requieren un perfeccionamiento inaudito, sobre todo si la naturaleza no lo ha dotado de muchas de ellas.

Las cualidades físicas son las siguientes.

A SABER:

1.º Una salud de hierro. (Es una de las más importantes. Añadiré algunas palabras posteriormente).

2.º Una edad de veinticinco hasta un máximo de cuarenta y cinco años. (Edad ideal treinta y seis años).

3.º Tamaño: cinco pies, seis o siete pulgadas.

4.º Una cabeza bien proporcionada.

5.º Ojos vivos y alegres (negros o azules).

6.º Una nariz fina.

7.º Una boca grande, dotada de sus treinta y dos dientes (¡ojo, siempre en buen estado!)

8.º Cabellos cortos (negros, marrones, o rubios, pero idealmente: negros).

9.º Patillas pobladas.

10.º Hombros con un diámetro de dieciocho pulgadas.

11.º Caderas sólidas.

12.º Brazos largos y fuertes.

13.º Una mano firme, con buen agarre (las uñas siempre cortas).

14.º Muslos resistentes.

15.º Corvas como las de un venado.

16.º Pantorrillas con un contorno de catorce pulgadas.

17.º Pies ligeros.

18.º Finalmente: la fuerza de Hércules.

Acabo de decir que la salud es una de las características físicas más importantes. Y es la verdad. Pues si es capaz de alcanzar la edad de setenta u ochenta años, o el non plus ultra de noventa años, entonces se puede apostar como buen mínimo cuarenta y cinco contra uno, que asistirá al entierro de cuarenta y cuatro de sus cuarenta y cinco acreedores. Ahora bien, he dado por comprobado que la muerte de un acreedor es la forma más natural de borrar sus deudas, y en esta suposición apoyo a mi tío. Una cosa es segura: si una deuda resulta pagada de esta forma, el acreedor no puede guardarle rencor; pues de la misma forma que Dios no desea la muerte del pecador, el deudor no desea la muerte del acreedor. También aquí vale el principio: «mientras menos acreedores se tienen, menos recursos están disponibles».

Éstas son, espero, características buenas y sólidas; las acabo de nombrar, y me gustaría llamarlas las características privilegiadas; privilegiadas, porque es tan fácil adquirirlas, por medio de la práctica y de una dieta balanceada, como volverlas a perder. De manera que advierto al ministro de finanzas que no vaya a decretar un impuesto propio a estas características. En una sola palabra: estos privilegios son verdadera propiedad de una persona. Y propiedad que no puede ser confiscada; por nadie, ni siquiera por un acreedor. Sólo la naturaleza puede limitar los ingresos que ellos generen. En cuanto a las características morales, se pueden casi ordenar en la misma categoría. Declaro a ocho de ellas como inevitablemente necesarias. Estas ocho pueden ser enumeradas de la manera siguiente:

1.º Aplomo. Ésta es la más importante de todas, lo demostraré más tarde.

2.º Una viveza de espíritu imparable.

3.º La memoria de un acreedor.

4.º La sangre fría de nuestros antiguos granaderos.

5.º Valentía a toda prueba (lo cual significa casi lo mismo que lo descrito en IV, salvo algunos matices).

6.º La paciencia de un enfermero.

7.º Agilidad incomparable en todos los juegos, en todos los ejercicios deportivos. Una característica sumamente importante, para la cual es bueno tomar clases con grandes maestros, y estar en capacidad de darlas uno mismo cuando sea necesario.

8.º Un hambre de lobo. (Esta última característica moral sólo recientemente ha sido reconocida como «moral». Las autoridades comprueban día tras día que se trata verdaderamente de una característica moral, sobre todo desde que una de ellas mostró tan claro como el agua que «las grandes ideas vienen del estómago»).

Acabo de decir que el aplomo es la más importante de las características morales. Es ya más que una característica; diez, veinte, cien, mil y hasta más; es en realidad una virtud. Sólo con aplomo se pueden reemplazar las otras seis características nombradas. Pues, ¿qué es presencia de espíritu? Aplomo de los pensamientos. ¿Qué es memoria? Aplomo de los recuerdos. ¿Qué es sangre fría? Aplomo ante el peligro. ¿Qué es coraje? Aplomo en las acciones. ¿Qué es paciencia? Aplomo en los deseos. ¿Qué es agilidad? Nuevamente una especie de aplomo, a saber, del porte y de los movimientos. Sólo la octava característica moral no puede ser sustituida por aplomo, es decir, el hambre. En efecto: con el estómago vacío no se pueden lograr ninguna de las grandes cosas del mundo, ni siquiera planearlas.

El aplomo consiste sobre todo en dejar todo lo que parezca un juicio o una pregunta, sin respuesta. Desmentir lo obvio, confirmar lo imposible, en corto, emitir un desmentido robusto y lacónico hacia todos los hechos y todo lo que tenga el carácter de una prueba. «No», «Sí», «Es así», «No es así», «Es imposible», «Es posible», éste es el corto pero útil diccionario del idioma de un hombre que verdaderamente tiene aplomo. Ejemplos:

El acreedor número uno llega y alega que usted no tiene un solo céntimo para pagarle. No agote sus pulmones tratando de probar lo contrario. Dígale simplemente: «Es posible…». Su hombre enmudece… Está satisfecho.

El acreedor número dos, a quien le ha prometido devolverle un monto de tanto y tanto que él le ha prestado, tiene la osadía de decirle que ha faltado a su palabra. Sobre todo no empiece a tratar de explicarle la razón del retraso. Conteste sólo: «Puede ser…». Ya no vacila… O sea que está satisfecho.

El acreedor número tres (el propietario de su casa, por ejemplo) le hace una visita, y aprovecha la oportunidad para presentarle la factura de alquiler. Mírelo de una manera indefinida y dígale simplemente: «¡Imposible!». Él le demuestra lo contrario, con la cajita de tabaco y el calendario en la mano. Un hombre sin aplomo se pelearía con él acerca del monto del alquiler o del plazo de pago. Un hombre que tiene aplomo dice simple y relajadamente: «¡Pero no! …». Si el propietario tiene mala educación, se enojará y amenazará con vender sus muebles. Usted le contesta: «¡No creo que vaya a hacer eso!»… Él se molesta y empieza a hacer un inventario; pero los muebles no están registrados a su nombre, él se convence y se molesta de nuevo, y esta vez usted tiene doblemente razón cuando le contesta. «Imposible…». Él ya no sabe que decir y se va. Pero la pregunta de si en este caso está satisfecho queda sin contestar. Eso depende del temperamento del propietario.

Resumiendo, gracias al aplomo usted domina la confianza, da la imagen de un hombre decidido e inteligente. Sin embargo, no debe pensar que esta característica, por maravillosa que sea, impedirá que algún día tenga que aterrizar en la cárcel de Sainte-Pélagie. Pues si el aplomo le está permitido al deudor, al acreedor no le está prohibido. Así que si su apartamento se encuentra en la Rue de la Clef, corresponde a su dignidad y a su política de la vida, contestarle al hombre que le enseña la ventana con reja y la cerradura bien cuidada de su humilde celda: «¡Sí, estas cosas pueden suceder!…».

Estas pues son las dieciocho características físicas y las ocho morales, en total veintiséis cualidades, que son imprescindibles para satisfacer a sus acreedores, sin darles un céntimo. Si usted no posee la totalidad de las veintiséis, haría mal en apegarse al sistema financiero aquí evocado. Sería mejor, en tal caso, que no tuviera ni deudas ni acreedores.

SEXTA LECCIÓN

EN GENERAL

Una verdad irrevocable • La elección de la zona en la cual se vive • Acerca de la vivienda en general • Acerca del portero Acerca del propietario • Acerca de los muebles • Conocimientos de física que se deben tener • Acerca de los empleados • Acerca de una portera • Consejos a seguir

Quien no tiene dinero, está sin duda alguna obligado a vivir de créditos. Si no los tiene, se los tiene que procurar. Una vez que lo haya logrado, tendrá más de lo que necesita para cubrir sus gastos habituales.

Ésta es una idea que va a asombrar a muchos de mis lectores, sobre todo aquellos que se hunden en las deudas, y aquéllos a quienes se les debe mucho desde hace mucho tiempo. Pero no es culpa mía si no entienden nada de las actividades de los que ganan dinero y de los que lo gastan, de los que producen y de los que consumen.

Para realmente alcanzar la meta determinada por mi tío, es necesario, según él, «mantener orden en sus asuntos». ¿Qué es este «mantener orden»? Significa saber vivir, alimentarse, vestirse, divertirse, en pocas palabras, mantenerse a flote sin tener deudas vergonzosas, pero también sin gastar un céntimo.

Entre estas cosas, las hay más o menos importantes, más o menos inevitablemente necesarias. Si las tomamos por orden de importancia, tenemos que empezar por la primera, es decir la vivienda.

La elección de la zona de residencia que usted escoge como domicilio, es un asunto de gran, importancia. Tiene que escoger de manera que la situación de por sí cree una distancia de por lo menos dos leguas entre usted y sus acreedores O, puesto que sus acreedores se encuentran sin duda repartidos entre los doce arrondissements de París, hará bien en vivir extra muros, tal vez más allá del foso de la ciudad, y escogerá una localidad que esté cerca de la zona en la cual vive la menor cantidad de posibles acreedores.

Ahora tiene que simpatizar con el portero, cuya tarea es cuidar la casa que usted habita, preferiblemente antes de ocupar el apartamento que usted alquiló. Sólo unos pocos «consumidores» tienen una idea precisa del enorme valor que tienen los porteros en sus existencias. Pueden perjudicarnos o servirnos, según su humor y según el grado de los talentos que les son propios, en ocho formas diferentes.

A SABER:

1.º Decir que estamos en casa cuando no lo estamos.

2.º Decir que no estamos en casa cuando sí lo estamos, lo cual a veces es peor.

3.º Rechazar cartas o paquetes que nos envían.

4.º Aceptar gentilmente ordenes de pago u otras correspondencias cuando sería mejor no recibirlas.

5.º Inspeccionar toda nuestra vida y sacar conclusiones.

6.º Hacer fallar un negocio importante simplemente por la forma en que contestan cuando alguien les pide una información.

7.º No quererse levantar en la mañana para abrirnos el portal, cuando nuestros negocios o el estado de nuestra salud nos obliguen a «tomar aire fresco» cinco minutos antes del amanecer.

8.º No abrirnos en la noche (cuando se llega un poco tarde), a pesar de haber tocado nosotros diez veces y habernos oído él perfectamente; lo que entonces puede traer una cantidad de consecuencias incalculables.

En efecto, comprobemos la cantidad de absurdos que se pueden atribuir día tras día a un portero. Usted puede ser para la sociedad un modelo vivo del Apolo de Belvedere, pero para el portero usted es un nuevo Esopo. Si el apellido de cualquier otro habitante del edificio termina aproximadamente como el suyo, el portero le mandará la plata que usted pidió prestada y que le habían entregado para usted. También le manda a él la carta de amor que a usted le está destinada, y el vecino va en su lugar a la cita. Si viene un acreedor, se guardará de decirle que usted acaba de salir. Su amada encontró un momento para venir a visitarlo, pues el portero le indica que usted no ha vuelto desde la noche anterior. En pocas palabras, basta con un simple no en vez de un sí, o al revés, y usted es un hombre perdido.

Por eso, dedíquese a gustarle al portero antes de haberle hecho siquiera la primera visita al propietario de la casa. Asegúrese sobre todo de hacer de él un amigo y de estar en buenos términos con su mujer, si tiene una que no sea demasiado vieja o sucia, charlatana o curiosa, lo cual, lo confieso, ocurre muy raramente.

Mi tío, quien pensó siempre en todas las posibilidades, aconseja, si es posible, tomar un apartamento en una casa que no tenga portero. Esta circunstancia tiene varias ventajas. Pero también tiene sus desventajas. Le toca a usted analizar cuidadosamente cuál es su posición en la vida, y descubrir cuál de las dos alternativas le aporta la mayor cantidad de ventajas.

En lo que concierne a la elección del apartamento mismo, se trata de un asunto de igual importancia que el anterior. No alquile nunca un apartamento que esté por debajo del cuarto piso, sin contar el entresuelo, y siempre con vistas a la calle; desde ahí, de pie ante la ventana, usted puede supervisar los alrededores con la mirada. Por ejemplo, un acreedor ha tomado la decisión de dirigirse hacia su casa. Su aparición se le hace visible a partir de una distancia de un cuarto de legua, como un punto en el horizonte. Ya usted sabe de quien se trata, y pronto el punto crece, mientras más se acerca; usted lo ha reconocido, y todavía le quedan cinco minutos para decidir cómo se va a comportar frente a él. Unos buenos binoculares, una mirada de águila, son en este caso una parte de suma importancia del mobiliario, porque le permiten ganar tiempo, diez minutos, que usted puede aprovechar para reflexiones arduas y útiles.

Mi tío admite que sólo una vez estuvo apunto de ir de ir preso a Sainte-Pélagie. (Y fue como garante de otro). Pero esa única vez, por haber cometido el error fatal, la insensatez, de tomar un apartamento en el primer piso con vistas a la parte de atrás, en una casa cerca del Palais-Royal. Añade con agudeza mi tío, que un recorrido de una legua y media, y ciento treinta y ocho escalones, son suficiente para extenuar maravillosamente a cualquier acreedor. En efecto, un acreedor que llega a su puerta agotado y sin fuerzas, ya no le exige dinero. Lo que quiere, es una silla y un vaso de agua. Sabemos que tanto lo uno como lo otro son cosa fácil de conseguir, e incluso se pueden obtener de inmediato.

Con respecto al mobiliario, es un error común, entre la mayoría de la gente consumidora, el creer que deben tener un ambiente ostentoso para impresionar a los productores e inspirarles confianza. Esta idea puede que fuera buena en los tiempos de Carlos Martel o de Pepino el Breve, cuando un banco en el que fuera posible sentarse era considerado ya una obra maestra de la industria; pero ahora que se hacen camas en las que se puede dormir de pie, todo eso ya no tiene efecto. Ese tipo de lujo ya sólo es un milagro para niños.

De manera que su mobiliario debe consistir en pocas cosas, pero éstas han de ser originales, para cautivar la atención de aquellos que vienen a contemplarlas detalladamente, mientras esperan.

Instálese con ayuda de la industria. Alumbre su apartamento con gas y defiéndase ante la llegada del enemigo con la fuerza de la física.

Mi tío convirtió este intento en realidad con respecto a sus acreedores, con mucho éxito.

Él poseía una máquina electrificadora de generosas dimensiones y se aseguraba siempre de que estuviese cargada del misterioso fluido. La había conectado con la cerradura de la puerta, por medio de un alambre conductor, y la simple vista de este alambre le procuraba un sentimiento de seguridad sin límites. Pues tan pronto llegaba un acreedor impaciente y ponía su mano en la cerradura, para penetrar en su departamento sin demora, recibía un contundente corrientazo, que le proporcionaba excitaciones confusas e impresiones de magia, de manera que era poco común que un acreedor, por animoso y testarudo que fuera, quisiera por segunda vez recibir este tipo de lecciones de física experimental, a pesar de que mi tío le había explicado los efectos que resultan de la causa, y las causas que estos efectos producen, o sea su física.

En cuanto a la elección del empleado de la casa, se trata de un asunto tan delicado cuando uno se encuentra en una situación como la suya, que me veo obligado, para que logre sus fines, a expresar esta opinión: es mucho mejor ser como su propio empleado. Por esta razón, tampoco le aconsejaría tomar una muchacha de limpieza. La portera la miraría con una mirada envidiosa, y sabemos bien lo que la mirada envidiosa de una portera significa; muy pronto sufriría los efectos secundarios de su mal humor. Pero si no es capaz de ocuparse de los ciudadanos de su casa, tan perfectamente como su posición social y su gusto por las comodidades y el bienestar lo exigen entonces mate dos pájaros de un tiro y escoja con prioridad a su portera o a su hija, si es joven y ágil. Su padre y madre se percatarán pronto del cariño y de la bondad que tiene para con su hija, y ella, misma se convertirá en una fiel defensora, un aliado poderoso, para enfrentar las invasiones de la tribu de los acreedores.

SÉPTIMA LECCIÓN

MODO DE VIVIR

Opinión de mi tío • Un caso (que siempre hay) que prever —Axioma incambiable • Proveedores de los tipos más diversos, a los cuales hay que dar la prioridad • Temores mal justificados • Disposición del día de un consumidor, que sabe organizar su vida • Ventajas de oportunidades infinitamente grandes • Resultados

Muchas veces escuché decir a mi tío que hay que cuidarse mucho de gastar todo el dinero que se posee en la noche, aunque se esté seguro de recibir más al día siguiente. Porque por razones imprevisibles y ajenas al hombre de consumo, estas entradas de dinero casi siempre se retrasan o no llegan nunca. Y, nadie sabe mejor que yo cuánta razón tenía mi tío.

Supongamos que esta situación ocurre, y debemos identificar las soluciones pertinentes al caso. Todas están basadas en un principio que no se puede ignorar bajo ningún pretexto. Y este gran axioma es el siguiente: siempre se debe comprar en los proveedores más ricos.

Primero, porque todo lo que tienen es de primera calidad.

Segundo, porque tiene que darle vuelta al principio que tantas veces invoqué, es decir, que estos individuos tienen demasiado y usted no lo suficiente, y que usted verdaderamente les hace un servicio —y a usted por supuesto también—, si de esta manera intenta reestablecer el equilibrio. (De hecho, nadie está más que usted interesado en la creación de este equilibrio).

Tercero, porque el vacío que resulta en sus tiendas casi siempre pasa desapercibido, y porque este vacío es rápidamente colmado por la clientela de pago que su fidelidad le trae a este proveedor.

Consecuencias: usted debe escoger un propietario que viva en la abundancia y que no está esperando ansiosamente sus cien ecus para pagar sus deudas fiscales. Todo inquilino sabe que en todas las zonas de París existen ricos propietarios, de manera que esto le será fácil.

De la misma manera almorzará en el Palais-Royal y cenará en el Boulevard des Italiens. Puede que usted crea que en estos locales es necesario pagar en efectivo. ¡No, de ninguna manera! La prosperidad de estos lugares se debe principalmente a la masa de clientes que no pagan. Pues estos conocen el arte de escoger los platos. Estos saben cómo abrirle el apetito a aquellos que no saben ordenar una cena, pero saben pagarla. Entre los dueños de restaurantes, a veintiún o treinta y dos céntimos el cubierto no se da crédito, esto lo sabe todo el mundo. Pero en los grandes establecimientos de los cuales les estoy hablando, ya se ha descubierto lo que hace ganar un hombre de consumo que no puede pagar una cena de veinte francos. Fácilmente treinta francos por cada diez francos que él no paga, esto es lo que aporta este consumidor al productor.

Conozco a grandes dueños de restaurantes, que estarían dispuestos a pagarle algo a usted, para que se quede todo un día sentado en una mesa, llamando a los mesoneros —por supuesto por su nombre, para que se vea que es usted un habitual—, reclamando Champagne, dejando que espumee su vino y que también suba su reputación. Su silueta alienta al pasivo o reducido apetito de los paseantes que lo ven a través de la vitrina, y éstos se sienten invadidos por un hambre incontrolable.

En cuanto a usted, después de haber consumido todo lo que es humanamente posible, se levanta y lleva indolentemente su mano al botón de oro de su traje, como para buscar su billetera en el bolsillo de su chaqueta. Saca un mondadientes e inmediatamente el mesonero le hace una señal con la cabeza, que está llena de respeto y al mismo tiempo de agradecimiento, para evitarle la molestia de pagar, lo cual sería casi un insulto para él. Luego, al salir, le dirige un saludo y un guiño a la dama que está sentada en la caja. La gracia con la cual le devuelve el saludo demuestra con amplitud que tiene el entendimiento: la casa se considera pagada de sobra con el excelente apetito que usted acaba de mostrar, que ahora tiene que ser imitado de igual manera.

Sin broma, es un hecho que los mejores restaurantes de la capital reciben todos los días media docena de clientes de esta calidad como reserva permanente.

Usted tampoco renovará su vestuario en otro lugar que en casa Bardes, pues este buen hombre, que con una sola palabra del ministerio de Guerra, podría vestir a todo el Ejército francés en veinticuatro horas, le despachará un traje completo, cuatro chaquetas y dos pantalones, sin que tenga usted que desprenderse de otras prendas como forma de pago. Acuérdese también de esto: si por casualidad él viniera hasta su casa, sería simplemente para preguntarle si debe prepararle también una capa o un abrigo, contra el mismo pago, por supuesto.

Usted se hará hacer sus zapatos por Sakoski. Él calza a todo lo «fashionable» y al ministro de finanzas. De manera que puede estar seguro de que tomará sus medidas y le abrirá una cuenta en su notable libro principal.

En cuanto a sus sábanas, cómprelas en la lencería de la Corte; nadie conoce mejor las ventajas de la entidad, del crédito que este establecimiento. Y cuando se compra con crédito, una pieza más o menos no hace la diferencia. De todas maneras, se perderá en la masa de clientes del mismo tipo.

Éstos, pues, son los proveedores que debe escoger; porque son los únicos que puede pagar sin sacar un solo céntimo de su bolsillo. Siempre con la condición de que las palabras bonitas tengan para usted el mismo valor que el dinero en efectivo.

No debe pensar que un consumidor como el que describo se verá obligado a cargar mercancías en los puertos de Saint-Paul o de Saint-Nicolas para pagar las deudas que le procuran sus placeres cotidianos. Tampoco marchará bajo el calor de un día de julio para recolectar la cosecha, ni saldrá un frío día de invierno para sembrar. No se romperá la cabeza para mejorar los diferentes productos que por regla general nos regalan las bestias cornudas o no cornudas, como se acostumbra en Francia y en otros lugares.

No pasará el día enriqueciendo nuestra industria con la producción de una bufanda o de una estufa económica o de una afeitadora, y tampoco pasará el día induciéndole vida a una tela con su mano, para eternizar los trazos de algún defensor de nuestra libertad, retratado en la naturaleza, bien sea en el bosquecito de Meudon o de Montmorency; tampoco sacrificará su noche acompañando con un violín, un bajo, o una flauta, o su cuerno a los artistas de nuestro Teatro Real, que cantan en falsete o no sincronizan su baile. Finalmente, tampoco pasará tres cuartos de su vida en la Rue de Rivoli, sumando largas facturas. No hará nada de todo esto; pero porque no sembrará, no fabricará, no pintará, no hará música y no calculará; francamente, sería un error pensar que no hará ningún trabajo, que no producirá nada, que no consumirá nada, que no pagará. Todo esto lo hace; pero por supuesto lo hace a la manera de mi tío.

Por eso he aquí algunas informaciones que revelan todo aquello que desean saber los buenos vividores para los cuales fue creada la obra de mi tío, a saber: una descripción del ritmo de vida que ha de seguir, y un resumen de los «bienes colectivos» que produzcan con su método:

1.º El consumidor, quien quiera que sea, no se levanta antes de las diez. Gracias a esta feliz forma de indolencia podrá reducir el número de dependientes de comercio, de lavanderas, de vendedores a comisión, de coches y de holgazanes, que día tras día y cada mañana se esfuerzan en llenar las calles más animadas, y por lo tanto, en ensuciarlas. Ésta es ya la primera cosa buena que hace.

2.º Luego otorgará audiencias a todos sus acreedores sin excepción entre las diez y las once, para escucharles, y para aplicar en la práctica los principios descritos en este libro. Por lo tanto, durante este tiempo, los acreedores que ocupan su antesala esperando que usted se levante, no estarán capacitados para encontrarse con otros consumidores, es decir otros deudores; esta ventaja resulta que beneficia a la colectividad. Segunda ventaja.

3.º Recibirá a todos sus proveedores entre las once y el mediodía. Se queda con aquello que los unos trajeron, y encarga algo nuevo a aquellos que no trajeron nada. De esta manera los mantiene siempre en movimiento, agranda su crédito y aumenta sus transacciones. Tercera ventaja.

4.º Desde las doce hasta la una se va a vestir. Que conste que «sabrá» cómo atar su corbata con la ayuda de la teoría sobre esta importante parte de nuestra vestimenta que debato en otra obra. Así apoya al editor que la publicó, y al mismo tiempo favorece la producción y la venta de los muselinas, jaconas, percales, y batistas, que producen nuestras manufacturas. Cuarta ventaja.

5.º A las dos irá a desayunar en el Café du Perron, en donde hará crecer las ventas globales gracias a la delicadeza con la que elige sus platos de acuerdo a la carta. Pondrá de moda los «Oeufs en coquille» o la «Omelette á l'oseille», y los comerá con tanta gracia que contagiará a todos aquellos que también desean comer algo así pero que no saben diferenciar los platos. Fiel a su sistema, no pagará el desayuno. Pero hará que otras veinte personas que normalmente sólo toman una taza de café o una tostada, se sientan obligadas a hacer el gesto de pedir y pagar suculentos desayunos. El dueño del café estará muy satisfecho de que se le paguen veinte desayunos, es decir muy satisfecho con el cliente que de esta manera le paga el suyo, aunque sin dinero. Quinta ventaja.

6.º Luego se irá a los jardines de las Tullerías para esperar tranquilamente la hora de la cena. Las dos o tres sillas que utilizará sin pagar para descansar de sus actividades tendrán un productivo efecto para la dama que las alquila. Pues su forma de sentarse en ellas invitará a los demás paseantes a descansar. En pocos instantes, todas las sillas estarán ocupadas y pagadas, de manera que la dama hace negocio y sabe agradecérselo. Sexta ventaja.

7.º Una bella doncella más o menos sospechosa pasea; languidece por una cena en una de las alamedas, pasa delante de él, quien demuestra una admiración visible por su cintura, por su caminar, por toda su «allure», que le parece «buena». —Un inglés, que no entiende nada de eso, no tarda en hacer la misma observación, se levanta, se le acerca, y le ofrece el brazo, una cena, y su bolsa, los cuales son aceptados. Ha introducido al inglés en nuestro comercio francés. Séptima ventaja.

8.º A las seis llevará a algunos amigos cuyos nombres no conoce con exactitud a cenar en el restaurante que suele visitar. Lo pone «en vogue» con algunas palabras: «¡Garçon! ostras verdes, "tisane de Champagne frappée", perdices trufadas…». Comerá como cuatro, beberá como seis, y esto durará no menos de dos horas. Su buena digestión tendrá verdaderamente un fructífero resultado, después de que sus amigos hayan pagado sus cuentas. Pero el propietario del restaurante estará encantado y habrá tomado la decisión de no pedirle jamás un céntimo a tan precioso cliente. Las ostras que consumió tienen como efecto al día siguiente, después de haber sido expuestas en la vitrina de las pescaderas de la Rue Montorgueil, de atraer una abundante clientela. Los comerciantes de vino de Reims y de Epernay ya no podrán satisfacer la demanda de tisane que vendrá de todas las partes del mundo. La población de Périgord, ya tan ocupada con la búsqueda de trufas, redoblará su actividad, el país florecerá como sólo suele hacerlo en tiempo de elecciones; el mercado de Poissy estará mejor surtido, la candela bajará, la vela subirá de precio y los curtidores ya no esperarán más para recibir la piel de los animales y poder trabajar el cuero. Todo sube de valor. Octava ventaja.

Por lo tanto, ¡cuántas ventajas gracias a una sola! Y todo esto, porque la operación fue realizada por un individuo que estudió a fondo las teorías de mi tío, y supo aplicarlas en la práctica.

OCTAVA LECCIÓN

DEL SECUESTRO CORPORAL

Reflexiones morales y filosóficas • «Suena tres veces» y «¡Fuego!» Sainte-Foix y mi tío • Historia del secuestro corporal desde su inicio hasta nuestros días • Causas por las cuales se puede proceder al secuestro corporal • Anécdotas • Un consejo

El encarcelamiento por deudas es, según mi tío, una consecuencia necesaria del progreso de la civilización. En Francia, el acreedor sólo tenía derechos sobre los bienes mobiliarios del deudor, bajo la dominación de las dos primeras razas, hasta a comienzos de la dominación de la tercera. El presidente Hénault cita como prueba de ello a Bouchard, el Barbudo de Montmorency, quien cazó al monje de Saint-Denis en su isla de Saint-Denis, como suele cazarse el venado u otras piezas de caza. Pues este honorable consumidor le debía a Adán, el abad de Saint-Denis, un monto considerable. Como lo relata el abad Suger: «No se le arrestaba, porque en aquellos tiempos no solía hacerse; pero por orden del buen Rey Robert se procedió a saquear sus tierras, hasta que pagara».

En estos tiempos bárbaros la ley exponía a la ridiculez a aquel hombre que contraía deudas sin poder pagarlas. Desde entonces las cosas han cambiado. El abandono de sus bienes al que estaba obligado el deudor que no podía pagar, venía acompañado de una ceremonia muy peculiar. El deudor, que fuera noble o cremero, tenía la obligación de golpear tres veces el suelo con su trasero (Nudis Clunidus) y exclamar: «Abandono todos mis bienes». Sainte-Foix afirma que en Padova todavía se puede ver una de estas «piedras del golpe» (Lapis vituperii), en las cuales se practicaba este tipo de castigo.

No estoy nada lejos de creer que éste es el origen de aquel tipo de castigo que se inflige al que no puede pagar de otra forma por las prendas invalidadas en ciertos «pequeños juegos inocentes». No sé si las declaraciones del autor de «Essays sur París» bastan como prueba, que antes del gobierno de Luis el joven uno podía librarse de pagar sus deudas si se peleaba con sus acreedores. En este caso se puede asumir que Sainte-Foix creó cierta confusión en torno a los relatos sobre las costumbres de nuestros antepasados. Puesto que por un lado pagaba bastante mal, y por el otro se peleaba frecuentemente, le beneficiaba hacer nacer la creencia de que se podía hacer lo uno en lugar de lo otro. Sea como sea, era el amigo más íntimo de mi tío. Ahora regreso a mi asunto, y quiero tratarlo con toda la seriedad que se merece.

Se le llama «contrainte par corps» (secuestro corporal) a aquel proceso que se lleva a cabo en base a un acta firmada legalmente y registrada, partiendo de un tribunal competente, que es proclamada en base a un veredicto, una orden de pago u otro documento similar, y que le permite al acreedor hacer encarcelar a su deudor civil, sea para que el acreedor pueda obtener su pago, sea simplemente por meterlo en la cárcel, lo cual consecuentemente sucede con el deudor con estas palabras: Potestas cogendi alicujus ad faciendum aliquid per sententiam judiciis data.

Los egipcios no permitían un secuestro corporal como éste. Boccoris derogó una ley al respecto, que fue renovada por Sesostris. Pero los griegos, adoptando la postura opuesta, fueron los primeros en permitir el compromiso por «secuestro corporal»; ésta es la razón por la cual Diodoro dice que merecen reprobación, porque mientras prohibían que se tomaran las armas y la armadura del hombre como prendas, permitían que se tomara preso al hombre mismo. En efecto, también Solón dispuso luego en Atenas que ya no se pagase con la persona por motivo de deudas, una ley que derivó de los egipcios.

Los romanos sólo permitían la aplicación del secuestro corporal contra aquella gente que se le había sometido expresamente, o que estaban acusados de actividades usurarias o de robo. Pero cuando el deudor cedía su bien, en tal caso ya no se le podía encerrar, y de igual manera no se podía encarcelar a mujeres por «deudas burguesas», como son llamadas, aunque no hubieran respetado sus obligaciones, por ejemplo el impuesto de puerta y de ventana, o cualquiera que fuera la razón de sus deudas, bien fueran obligaciones personales, obligaciones de alquiler u obligaciones sobre bienes muebles o inmuebles, directos o indirectos; pues había en Roma todas estas bellas cosas al igual que hoy en día en París, con la sola diferencia de que el nombre era diferente, que no había que pagar tan caro, y que no se molestaba a las burguesas romanas por tales bagatelas, mientras que en París se arresta a todo el mundo, sin importar el sexo o el oficio. Que se trate de un masculinum, de un femininum, o de un neutrum, eso en nuestro caso no cambia nada.

En Francia antes estaba permitido estipular la posibilidad de un secuestro corporal, en todo tipo de acta, por adelantado. Podía aplicarse legalmente a las deudas con el fisco, y también había casos en que el juez podía decidirlo a pesar de no haber sido fijado anteriormente.

El edicto del mes de febrero del año 1535, con respecto a la conservación de la ciudad de Lyon, ordena que las decisiones del tribunal sean aplicadas «sin visa ni pareatis» por medio de secuestro del cuerpo como del bien en todo el reino, lo cual todavía es respetado hoy en día.

Cuando Carlos IX reinstauró la jurisdicción consular en París mediante su edicto del año 1563, dispuso que los veredictos de los cónsules tanto provisionales como definitivos debían ser ejecutados por secuestro corporal, mientras no superaran el monto de 500 libras.

Por lo menos el secuestro corporal para otras sentencias todavía no se aplicaba. Pero con la ordenanza de Moulins, artículo cuarenta y ocho, se decretó: «Para evitar de ahora en adelante toda fuga, retrasos y estafas de los deudores, todas las acusaciones y sentencias relacionadas con montos de dinero, sea cual sea la razón, pueden ser llevados a cabo de inmediato por intermedio de cualquier, tipo de ejecución u otras introducciones, hasta obtener pago y satisfacción totales; y si los condenados no han pagado cuatro meses después que se les comunicara su condena —personalmente en sus casas—, pueden ser arrestados y encarcelados, hasta que entreguen la totalidad de sus bienes, y que en caso de imposibilidad de dar con el deudor, o si el acreedor lo exige, el proceso puede ser repetido por el juez, y esto hasta doblar o triplicar el monto ya debido».

Los miembros del clero no podían ser secuestrados corporalmente por medio de esta orden. Así lo estipula el artículo cincuenta y siete de la ordenanza de Blois.

La puesta en vigor de los secuestros corporales después de transcurridos cuatro meses, que fue introducida por la ordenanza de Moulins, más adelante fue suspendida para deudas exclusivamente burguesas por la ordenanza del año 1667, título treinta y cuatro, primer párrafo, el cual prohíbe a la Corte y a todos los jueces tomar esta decisión, bajo pena de que todo el proceso fuera declarado nulo, y verse obligados a pagar todos los gastos, daños y perjuicios, e intereses.

Para lograr ahora el secuestro corporal, en los casos previstos por la ley, el acreedor primero tiene que hacer llegar la decisión penal al domicilio de la persona demandada, acompañada de una orden de pago con una nota aclaratoria indicando que se procederá al secuestro corporal cuando expire el plazo determinado por la ley.

Una vez vencido este plazo, que debe calcularse desde el día de recepción, el acreedor puede reclamar su derecho a hacerse con la persona de la otra partida para pagar la deuda después de catorce días, por intermedio de un escribano forense. Y hace constar que una vez pasados los catorce días, el secuestro corporal se lleva a cabo sin procedimiento adicional. Pero cabe añadir que todas las promulgaciones de las que aquí se habla, deben ser aplicadas con el mayor respeto de las formalidades correspondientes a cada plazo.

Si el deudor se opone al veredicto, y resiste el arresto o la condena que determina el secuestro, entonces el secuestro corporal debe ser suspendido hasta que esta oposición sea juzgada debidamente. Sólo cuando las autoridades legales logran hacerse con la persona del condenado antes de la entrega de la apelación o de la interposición de los recursos, no se concede postergamiento, es decir que el deudor ya no tiene derecho a interponer recursos de apelación.

Sin embargo, estas persecuciones y estos secuestros corporales no impiden la confiscación, la ejecución y la puesta en venta de sus bienes, muebles o inmuebles, una vez que esté condenado.

Sea como sea, la última ley sobre el secuestro del propio cuerpo (la del decimoquinto Germinal del año VI) no estableció ninguna diferencia entre el verdadero comerciante autorizado y aquél que sin ser comerciante, realiza sin embargo actividades comerciales. Pero quisiera hablar del consumidor de cualquier especie, a quien la Corte comercial otorga el honor de considerarse comerciante.

Es suficiente el haber firmado legalmente una letra de cambio, para ser reconocido como comerciante y depender de la jurisdicción de la Corte comercial. Si la letra de cambio no ha sido pagada una vez vencido el plazo, este tribunal nunca falla en ordenar el secuestro corporal; y por eso mismo este tribunal está tan ocupado que, según dicen, dicta un promedio de dieciocho mil sentencias de esta índole…

Mi tío opina que se haría bien en eliminar todo el procedimiento del secuestro corporal. O por lo menos reservarlo únicamente para los acreedores. Pues ésta es gente que suele prestar dinero bajo empeño, intrigantes, estafadores o esos inmundos agentes que injustificadamente se adornan con el título de «Productores», y que explotan para su beneficio la institución del secuestro corporal. Su eliminación haría desaparecer una gran cantidad de esas trampas que se le ponen a jóvenes consumidores, gente que como se sabe tiene poca experiencia y que con frecuencia pone en juego todo su futuro por algunos momentos de placer, y que lamentablemente tiene la manía de pagar a cuenta a sus acreedores. De manera que sería un verdadero adelanto para la moral pública y para la colectividad si se eliminara este procedimiento.

Está probado que el secuestro corporal favorece los malos hábitos en más de una manera. Mi tío conoció a una mujer sensible —hoy en día es duquesa— que se enteró un día, por una confesión de su esposo, que era de un carácter muy celoso, que él había firmado una letra de cambió, y que sus negocios no le permitían pagarla el día de su vencimiento. De inmediato ella hizo comprar la deuda por debajo de la mesa, y mantuvo a su esposo tras de las rejas de Sainte—Pélagie por más de cinco años. El honrado marido sólo supo muchos años más tarde de qué conspiración había sido la víctima, pues su dulce esposa venía regularmente a verlo y lloraba con él por tan horrible separación, para luego consolarse de su infelicidad marital con su particular Creso.

De igual manera, mi tío me aseguró que un método similar fue también utilizado para evitar las complicaciones que ocasionó un enamorado que se tomó demasiado en serio las promesas de fidelidad eterna al final de una carta.

La duración de la retención en la cárcel está fijada en cinco años para un francés. Una vez pasado este plazo, queda libre, y sus acreedores pierden todo derecho sobre él. Pero para extranjeros la duración de la retención es ilimitada.

La edad no sirve de pretexto para evitar el secuestro corporal. Se han visto ancianos de noventa años retenidos en Sainte—Pélagie por sus deudas. ¡No hay que olvidar esto si se es un gozador, sea cual sea la edad!…

NOVENA LECCIÓN

SOBRE LOS ALGUACILES

¿Qué es un alguacil? • Alguaciles griegos y romanos • De los sargentos
Derechos y privilegios de estos señores • Pequeñas anécdotas que demuestran
la cantidad de ventajas que otorga el ser alguacil o sargento • Refugios e
invulnerabilidad • Consecuencias

«¡Por medio de ciertas señales visibles debería ser posible conocer lo más
oculto que hay en el corazón de la gente pérfida!».

Este deseo lo expresa Racine en dos versos, que sin duda se refieren al
reconocimiento de los alguaciles. Pues de igual manera que el sol aparece en
el horizonte, pueden empezar a temblar aquellos consumidores infelices que
viven sin principios o simplemente ya no los tienen, justamente porque brillan
las estrellas, aunque el dicho diga que el sol brilla para todo el mundo. Pues es
en ese momento cuando los alguaciles pueden arrestarlos o hacerlos arrestar,
lo cual es casi lo mismo. Por lo menos se excluyen los domingos y los días de
fiesta religiosos.

¿Pero, se preguntará usted, qué es eso: un alguacil?… Lo explicaré.

Un alguacil es una especie de sirviente de la justicia, pero vestido como
usted y como yo, que se encarga de citar a todas las partes, sea para escuchar
la sentencia, sea para la ejecución misma, para todas las comisiones del
tribunal y todas las órdenes provenientes de las autoridades competentes.

Los alguaciles hacen valer las decisiones del tribunal. La primera actividad
de estos funcionarios fue principalmente la de asegurarse que la puerta de la
sala de audiencia permaneciera cerrada cuando allí se debatiera, para evitar
que algún extraño penetrara sin el permiso del presidente e incluso para evitar
que se espiase cerca del lugar en que se delibera (pues la deliberación debe ser
secreta); también para dejar entrar a aquella gente que es solicitada por el
tribunal, y para echar a aquellos que estorbasen las sesiones, en una palabra,
para hacer valer la voluntad del presidente en todos los aspectos.

Los romanos llamaban a aquellos que cumplían la función de alguacil
Apparitores, Cohortales, Executores, Hatores, Cornicularii, Officiales; al
mismo tiempo cumplían las tareas de aquellos que antes de la revolución se
llamaban sargentos.

En Francia los llamaban «serviantes», y esto se transformó en «sergents»
(sargentos). Todavía en los siglos XIII, XIV, XV, y XVI los llamaban «bedels»

o «bedeaux» (bedeles), lo que equivale en este contexto a «citadores públicos».

Desde 1317 se llamaba a aquellos que servían en el Parlamento Vateli curiae; pero en una carta del a de enero de 1365 el mismo rey los llamaba «nuestros queridos varlets». Es sabido que la expresión «varlet» no significa lo mismo que «valet», es decir la persona que ejerce las funciones más vulgares; pues vasallos poderosos como los condes, duques y barones se designaban con este término: Premier varlet du roi, a pesar de haber estado lejos de considerarse servidores insignificantes del rey. Dicho sea de paso que los puestos de Huissiers en el parlamento eran llamados «oficios», y se compraban por los elevados salarios y los ingresos oficiosos que venían con el cargo.

El término «huissier» —es decir alguacil— fue dado a aquellos que estaban encargados de vigilar las salas de audiencia. En lo que concierne al Parlamento, encontramos un ejemplo de ello en el decreto del arzobispo de París del año 1388, dirigido al «Primo parlamenti nostri hostiario seu servienti nostro».

Posteriormente la mayoría de los sargentos, que por cierto antes de la revolución también eran llamados «Pousse-culs» (empuja—culos), tuvieron la ambición de ser llamados «huissiers» —alguaciles—, a pesar de que no era su función servir a los jueces o al tribunal, de manera que los primeros fueron llamados «huissiers audienciers» (alguaciles de la audiencia), para diferenciarlos de los otros «huissiers», quienes en realidad no eran otra cosa que sargentos o pousse-culs.

A los «huissiers», inclusive a los del Parlamento, les estaba prohibido considerarse como «maîtres» (maestros). En aquellos tiempos, este título estaba reservado a los magistrados mismos. Pero como éstos se hacían llamar monsieur, monseigneur, sa grâce, sa seigneurie, los «huissiers» se hacían llamar maestros.

Deben entrar delante de los miembros del tribunal, para demostrarles honor y respeto, y para evitar que alguien se les cruce en el camino. Luego deben lograr que se haga silencio, dando golpes en el suelo con un palo, y de esa manera mantener al público tranquilamente sentado.

Es el «huissier» quien lee la orden del día, tal como le fue entregada por el presidente, y debe, mientras ejerce estas funciones, mantener la cabeza cubierta. Las antiguas regulaciones les prohibían a los «huissiers» aceptar o exigir nada relacionado con las partidas civiles con cuyos asuntos tuvieran algo que ver, bajo pena de sanción. Pero se dice que en Francia las antiguas regulaciones son tratadas de la misma forma que ciertas nuevas que también podría citar, y que tampoco son respetadas.

Es responsabilidad de los alguaciles el entregar órdenes de pago o escrituras, publicar las denuncias y hacer entregar en vigor las penas decretadas según el humor del señor procurador del rey.

Son ellos quienes llevan protocolos sobre enjuiciamientos. Se ocupan de arrestos, confiscaciones, y embargos de bienes. En caso de resistencia, están autorizados para hacer uso de armas, y los demás habitantes tienen la obligación de ir en su ayuda, de serles posible.

Francisco I tuvo una vez noticia de que uno de sus «huissiers» había sido recibido a golpes, y en señal de protesta puso un vendaje en su brazo, para señalar simbólicamente que veía lo que le había pasado a su «huissier» como una agresión hacia su propia persona, y que por lo tanto la justicia que él personificaba había resultado herida.

El edicto de Amboise, las declaraciones de Moulins y de Blois prohíben bajo pena de muerte y sin posibilidad de perdón, toda agresión o herida a «huissiers» o sargentos en el ejercicio de sus funciones.

Jourdain-de-Lille, conocido por sus robos bajo Carlos IV, fue ahorcado en el año 1322 por haber golpeado en el estómago a un alguacil que venía a convocarlo al Parlamento.

Eduardo, Conde de Beaujeu, tuvo que sentir el secuestro corporal en su propio cuerpo, y fue encerrado en la Conciergerie porque había tirado a un alguacil por la ventana, luego de que éste intentara entregarle una carta.

El Príncipe de Gales, quien intentó en el año 1367 impedir a un alguacil hacer su trabajo, fue declarado in contumacia y en rebeldía, como alborotador, por el Parlamento, y se le confiscaron sus tierras en Aquitania.

Antes los «huissiers» ejercían sus funciones informando a la gente de manera oral, haciendo luego un informe para el juez competente, con las siguientes expresiones: «A vous, Monseigneur le Bailly… mon trés douté ou redouté Maître… plaise vous savoir que le… j'ai intimé… á comparoitre»… Este informe se llamaba relatio. El alguacil no lo escribía personalmente, simplemente ponía un sello debajo, por la simple razón de que la mayoría de ellos no sabía ni leer ni escribir. Pero hoy en día, de acuerdo a los nuevos reglamentos, los alguaciles tienen la obligación y el deber de saber leer y escribir, y lo respetan. Tienen derecho a cargar armas defensivas u ofensivas para su seguridad personal, y a exigir ayuda tanto del poder civil como del militar.

De manera que hay razón suficiente para estudiar atentamente las diferentes escapatorias que mi tío les comunica por medio de mi voz. Por ejemplo aquellas que se encuentran en los párrafos de la ley, y que dicen en muchas palabras lo que yo les quisiera contar en pocas frases.

1.º Ellos no pueden arrestarlo por un monto inferior a cien francos. De manera que si tiene la debilidad de firmar una o varias obligaciones, no lo haga nunca por un monto superior a noventa y nueve francos con noventa y nueve céntimos. Para ello es útil emitir dos, tres, cuatro o más obligaciones.

2.º No puede ser arrestado antes de que amanezca o despés de la puesta del sol, de manera que la luna es su cómplice. ¡Mirad hacia la luna, gozadores románticos!

3.º No puede ser arrestado en edificios que tienen un fin religioso, al menos durante la misa. De manera que es una buena oportunidad para rememorar el repertorio de la Iglesia… ¡Aproveche este reglamento y no falte a ningún oficio, a ninguna misa!

4.º Las residencias reales tienen la misma fuerza milagrosa para usted. O sea, por ejemplo, el jardín des Plantes; el Louvre, las Tullerías, el Luxemburgo, el Palais-Royal (pero sólo el jardín; las galerías están excluidas).

5.º En su propia casa, mientras no salga, y bajo la condición que no sea un «hotel garni» (pensión), y que no le haya dado a nadie, sea quien sea, su dirección.

6.º En aquellas localidades donde se reúnen las autoridades para las sesiones gubernamentales más importantes. Pero tiene que haber una sesión. Vaya pues a la Cámara de Diputados y escuche lo que dicen los electos del pueblo sobre aquella libertad, que de hecho no tiene nada que ver con la suya.

Éstas son las escapatorias que le otorga la ley a las persecuciones de los alguaciles. Con excepción de ellas, usted corre peligro a cada paso que haga, de ser llamado, agarrado por la manga y, si no tiene buenas piernas, ser llevado a aquel lugar, cuyo nombre le va a saltar a la cara tan pronto dé vuelta a esta página… Ahí está:

DÉCIMA Y ÚLTIMA LECCIÓN

LA PRISIÓN DE SAINTE-PÉLAGIE

Confesión tardía • Itinerario • Reconocimiento del terreno Retratos diversos • La nueva vida que hay que llevar • Visitas Consuelos • Últimas reflexiones

Pobres de ustedes, consumidores, fue vanidoso el comportamiento de mi tío al ocultárselo: ¡Todos ustedes corren el peligro de terminar aquí!

Y tan pronto un deudor se encuentra en la cárcel, si no puede pagar y su acreedor se ha convertido en su enemigo, sea como sea, tendrá que resignarse y acostumbrarse a la idea de pasar allí cinco mortales años. La única oportunidad que le queda para salir es la ayuda del «Comité de Bienfaisance», o que el productor olvide pagar el adelanto que puede exigir el desafortunado consumidor para su alimentación. En este caso una simple hora de retraso implica la liberación. Pero mientras espera que esto suceda, usted de todos modos tiene que ir a la prisión, y quisiera evitarme el esfuerzo de enseñarle el camino, pues mi tío, quien nunca tuvo que tomarlo, estaría abochornado si tuviera que decírselo él mismo.

¿Observa en esta calle pequeña y casi desierta, que es llamada Rue de la Clef, (que se pronuncia «cle», incluso delante de una vocal, según el Diccionario de la Academia Francesa), el gran edificio rodeado de altos muros y de piedras angulares encadenadas, y cuya fachada da la impresión de haber subido penosamente de la tierra hasta la mitad? ¿Ve ese cuerpo de guardia, esa garita de vigilancia y ese centinela? ¿Reconoce el portal de cuatro pies de alto, con la mirilla de cuadros de ocho pulgadas? Golpee dos veces, luego incline su cabeza y dóblese de manera que sus piernas formen un ángulo de noventa grados con su cuerpo. ¡Le abren, puede entrar!…

Y ahora se encuentra en el interior de este viejo monasterio (restaurado y reconstruido), que antaño servía de asilo a tímidas monjas, y cuyo propósito hoy en día es el de servir de cárcel para los gozadores de todas las clases que desconocieron el método de mi tío, y que, para pagar sus deudas, firmaron varias letras de cambio y no las honraron, o para aquella gente distraída que tomó la costumbre de sacar del bolsillo de sus vecinos lo que sin duda olvidó meter en el suyo.

El umbral que está atravesando le separa de la gente que va y viene. Está en medio de París y sin embargo está ya en otro mundo.

Ese gran Cerbero de seis pies y dos pulgadas, esa especie de persona de luto, cuya mano despertaría la envidia del claqueur más entusiasta de nuestro Teatro Real, y que puede ser identificada con la enorme llave, que fácilmente se puede confundir con el blasón de un obispo del siglo XII, él ha adivinado que usted es un «consumidor», un gozador, que ahora tiene una especie de contrato de alquiler con un «productor» de los que son habituales aquí. Desde ese mismo instante su señalamiento está grabado en su memoria, y sólo al cabo de cinco años le está permitido eliminar su fisonomía de su memoria.

Nuevo Hartentirkof, este hombre es incorruptible. Nada lo conmueve, nada podría ablandarlo. Abre y cierra dicha puerta con igual indiferencia al infeliz que a la belleza que viene a consolarlo. Nunca se ríe, salvo cuando pasa delante de él una cesta de Chambertin o de Mercuray. (¡Ay, si tan sólo pudiera confiscarlo para su propio beneficio!…). Pero no quiero detenerme con las bagatelas de la entrada. Así que quiero guiarlo a la cancillería.

Está al final del pequeño pasillo en el que ahora se encuentra, del lado exterior derecho. Ahí usted se presenta ante un humilde funcionario de cabello blanco y pantalones cortos, quien aunque por naturaleza es más bien bondadoso, pero debe obedecer las órdenes del director de la policía. Y ya está «registrado»; y desde este instante puede considerarse como habitante legítimo de este establecimiento.

Ahora bien, si el consumidor que se ha convertido en inquilino tiene principios, entonces la decencia exige que antes de proseguir, le haga una pequeña visita al dueño de la casa. Éste suele permanecer en una sala vecina, con otros dos secretarios de escribanía que le sirven de ayudantes. Quedará sorprendido con su gentileza, con la cortesía de sus modales (es un buen espécimen de M. Jovial).

A pesar de que Monsieur Greffier-concierge de Sainte-Pélagie (éste es su título oficial) siempre está rodeado de perros, de guardias, de muros tristes, a pesar de que conoce el argot mejor que el editor de un diccionario de este dialecto, ese idioma materno de todos los bandidos y truhanes que en algún lugar escaparon de una cárcel, a pesar de todo esto se expresa de la manera más distinguida imaginable. Una prueba que la prisión de Sainte—Pélagie no alberga solamente a gente mal educada. Hará bien en hacerse su amigo, sobre todo porque es el soberano absoluto en el interior de Sainte—Pélagie. Allí el mando le ha sido confiado sin limitaciones, y sus acciones y decisiones no están sujetas a discusión alguna.

Después de haberle brindado sus respetuosos saludos, de la vuelta, atraviese el pasillo central, y penetre en el interior del «hotel». Allí encontrará dos puertas. Una es la que lleva a las habitaciones, en las que son retenidas personas que tienen opiniones divergentes en política. No es esta. Su puerta es la otra, la de la izquierda; la de las deudas de encarcelamiento. Usted golpea, le abren, enseña su pase, y ahora está definitivamente adentro.

Un diputado, Mr. Bazre, dijo una vez desde la tribuna nacional que la suerte de los encarcelados por deudas no es de lamentar, como generalmente se piensa en la colectividad, pues todos los días hacen fiestas. En esta explicación puede haber un grano de verdad, pero en realidad demuestra una carencia total de generosidad.

Sé muy bien que en Sainte-Pélagie se puede encontrar un cierto número de gozadores que intentan olvidar su desdicha en mesas abundantes, en compañía de otros gozadores que vienen de visita. Pero la masa de los deudores se encuentra en la miseria, y sin la ayuda de sus camaradas caería en un abismo sin fin.

Lo que digo aquí es la pura verdad, y más de uno de mis lectores podría haberlo comprobado, de no haber ya puesto en práctica las múltiples teorías de mi tío.

La ley obliga al acreedor que desea encarcelar a alguien, a facilitarle al deudor un monto de veinte francos al mes. Con este dinero el deudor tiene que pagar el alquiler de su cama y de los demás muebles de su nueva morada, por simples que sean, y esto le cuesta aproximadamente la mitad de lo que recibe mensualmente. Diez francos es el precio fijo. De manera que le quedan diez francos para alimentarse. Diez francos, o mejor dicho, mil céntimos repartidos entre treinta días (es decir, un mes promedio), eso hace treinta y tres y dos tercios de céntimos, o seis soles y dos cuartos más o menos por día, y con esto debe adquirir dos comidas. Luego de eso, le quedan diez céntimos por mes o 24 soles por año para comprar ropa, pagar su lavado y para la calefacción, para jugar, para leer, para hacer regalos, etc.

Esto realmente no es demasiado, y dudo que un economista nacional, aunque fuera tan bueno como mi tío, fuese capaz de hacer funcionar sus negocios, incluso sin pagar sus deudas, si tuviera este tipo de ingreso.

Sin embargo, hay que decirlo, el ministro del Interior ayuda a los deudores pobres al repartir entre ellos lo que se llama pitance, es decir, un plato de sopa aguada, en la cual flotan algunos vegetales secos, que es reemplazada los jueves, los domingos y en las fiestas religiosas por la llamada sopa gorda, a que se le añade un pedazo de vaca, la cual de común acuerdo fue asignada al sexo masculino. Si el pobre deudor tiene una familia, y si esta familia no vive en la abundancia, entonces es necesario que comparta lo poco que se le da con su mujer y sus hijos.

¡Realmente, que triste destino! Un pobre infeliz privado de su libertad, que el día de Pascua y en la Noche Buena no tiene más que esta pitance, de la que también dependen su esposa y sus hijos…

Mi tío, quien por cierto nunca conoció a sus hijos —pues nunca se conoció a su mujer—, dejó, a pesar de nunca haber estado en Sainte-Pélagie, una pintura que muestra de una manera precisa y conmovedora la miseria que reinaba allí. Lo ha logrado por medio de una conclusión analógica.

Sin embargo, debo confesarlo, esta condición deplorable no es la misma para todo el mundo. Los gozadores que están encerrados como deudores en Sainte—Pélagie, encuentran allí una Mesa de Huéspedes, y tres o cuatro restaurantes, que son visitados por la gente de la clase alta, y que sorprendentemente dan crédito, de igual manera que los restaurantes más ricos de la capital. Esto sin duda alguna sirve de apoyo para la afirmación de mi tío: «Quien no da crédito, entra en quiebra». Yo, por mi parte, debo reconocer, que si algún tabernero no debería jamás dar crédito, ese tendría que ser el de

Sainte-Pélagie. ¡Pues bien, en realidad sucede todo lo contrario!

En este lugar aislado también existen cafés, en los cuales se puede fumar, hasta un club en donde se juega, por ejemplo al écarté, y una sala de lectura, en la cual se encuentran todos los periódicos, con excepción del Moniteur, de la Gazette de France y la Quotidienne; tampoco se leía el Journal de Paris, el Etoile, y el Pilote cuando aún existían.

El interior de Sainte-Pélagie recuerda un gran caravanserallo. Ahí también es recibida gente de todos los países y de todas las profesiones. Se cuentan allá más o menos veinte oficiales, entre ellos media docena de coroneles y un teniente general; los marqueses, los condes y barones siempre se encuentran en gran número; de vez en cuando hasta se ven abades. El resto de la población está compuesto de escritores, músicos, pintores, obreros, restauradores, aguadores, sastres y ladrones de todas las categorías. Los seres más escasos en Sainte-Pélagie son el comerciante y el gendarme.

Como cada día vienen entre setenta y cinco y ciento cincuenta visitantes, o sea un promedio de cien, y como estos visitantes no pueden vivir a cuenta de los deudores encerrados, los restaurantes y cafés aprovechan para hacer negocio. Sin estas fuentes de ayuda que vienen de afuera, la mayoría de estos establecimientos no aguantaría mucho tiempo, pues en general los gozadores encerrados consumen muy poco y no pagan nada. En efecto los restauradores y cafeteros no son verdaderamente conocidos. Los acostumbrados parecen conocer todas aquellas prácticas que enseña mi tío, pero sin ser capaces de practicar la teoría misma. Allí está la gran tarea que debe completar esta obra para todos aquellos que todavía no han estado en Sainte-Pélagie o que ya han salido…

Si se quiere visitar a uno de estos desdichados consumidores deudores encerrados en Sainte-Pélagie, no es suficiente ir a la prefectura de la policía y pedir permiso; antes de eso es imprescindible procurarse una autorización escrita del deudor que se quiere visitar. Sólo con esta autorización, que debe haber recibido un sello de la secretaría del establecimiento (del honorable funcionario que mencioné anteriormente), puede el honorable caballero de la prefectura de policía otorgarle el permiso.

Esta regla, que a primera vista parece una limitación a la libertad del encerrado, no sólo es necesaria, sino que además resulta sumamente humana. Sin ella los desdichados consumidores encarcelados podrían ser «torturados» día tras día por sus acreedores, los llamados «productores», a pesar de estar aquellos tras las rejas. Este tipo de orden de visitas incluso le da la posibilidad al encerrado de recibir en su prisión sólo a aquellas personas que pueden apaciguar un poco el aburrimiento de la reclusión. En lo que concierne a los acreedores, no tienen otro medio de ver a sus deudores que haciéndolos llamar a la secretaría. Y estos últimos pueden negarse a acudir allí si tienen motivos razonables para sospechar que aquel que viene a verlos sólo quiere molestarlos, pero sin tener la menor intención de llegar a un acuerdo que lleve su la liberación.

Además de esto sólo existen en Sainte—Pélagie dos grandes épocas: aquélla en que se llega, y aquélla en que se parte. Los primeros días en uno de los casos, como los últimos en el otro, parecen interminables. Pero cuando se ha llegado a —un cierto punto, los días pasan volando. La última semana en la prisión, como el último tiempo de la vida, se va rapidísimo y sólo deja vagos recuerdos; en ese momento los días se cuentan tan poco como el anciano cuenta los años. Me gustaría que alguna vez alguien me explicara en detalle este fenómeno.

De hecho está comprobado que los grandes espacios son dañinos para la felicidad. Ante todo necesitamos ver y sentir los límites. Milton trabajaba en su «Edén» en un sótano. Rousseau escribió sus más bellas páginas en un desván. Cervantes logró su obra maestra en un calabozo, y mi tío escribió este sabio tratado en el hospital. ¿Pero quiénes son Milton, Rousseau, Cervantes y una multitud de otros escritores que podría nombrar fácilmente, comparados con mi tío? ¡Todos estos grandes genios jamás debieron un solo céntimo…!

CONCLUSIÓN

Que no tiene nada que ver con aquella que predica mi tío en su obra, y que sólo por esta razón le aconsejaría al lector seguir en lugar de la suya.

Ya no vivimos, gracias a Dios, en una época en la que esté bien visto tener deudas, y en la que tener acreedores en la antesala traiga más honor que tener lacayos.

La locura de algunos jóvenes en los tiempos de la vieja corte llegó a todos los estratos sociales, pero fue mi admirado tío quien modeló un principio del derecho civil, del derecho político y comercial, en pocas palabras, un libro, para demostrar claramente que deudas no pagadas son la prueba irrevocable de la felicidad de aquellos que las contraen.

Debo pedirle perdón, pero cuando me ocupaba de la redacción de su Arte de pagar las deudas de satisfacer a los acreedores, sin gastar un céntimo, nunca, por mi parte, fui capaz de apreciar su moral. No me reí en absoluto de sus chistes, cuando reflexionaba sobre los medios que aconseja para no pagar las deudas, estando uno lamentablemente obligado a contraerlas, y tampoco cuando encontrándose finalmente con la posibilidad de eliminarlas, se negaba a pagarlas con dinero en efectivo. Me parece que las deudas, del tipo que sean, son obligaciones que se deben tomar en serio como todas las demás; o sea que no es cuestión de ingenio ni honor el no respetar las obligaciones contraídas.

Sé muy bien, y todo el mundo lo sabe, que las leyes de la sociedad permiten en estos casos —por medio de una de esas contradicciones en nuestras costumbres, de las cuales podría nombrar con facilidad varios ejemplos—, lo que la ley condena. También sé que durante el día los tribunales sentencian a los deudores, pero que en la noche las obras de teatro se burlan de los acreedores, y que en cierto modo hay un acuerdo entre el gran mundo y el teatro, para reírse de las burlas que se hacen a los acreedores. Pero con el tiempo los acreedores se cansan; cuando han comprobado que todos los caminos son infructuosos, se cansan de siempre postergar una y otra vez el plazo que se les pide, y finalmente se vuelven firmes y obtienen una orden de la Corte que les permite exigir el cumplimiento forzado, y el deudor no puede hacer otra cosa, para recibir nuevo crédito, que pagar por lo menos una parte, y para ello se dirige a un usurero.

Estos honorables hombres de negocios, que siempre están al tanto de las necesidades y del crédito de aquellos que acuden a ellos, pero que también conocen mejor que nadie el valor de un documento de deuda firmado y sellado. La atribulada persona que caiga en sus manos puede repetir las veces que quiera la frase de mi tío: «Tantos billetes como quieran, pero ni una sola carta de cambio»; pues sólo a ese precio terminará por recibir dinero, y con él enormes tasas de interés. Los días pasan, el día de vencimiento del plazo llega, la letra de cambio es protestada, una sentencia es dictada por tribunal, le es comunicada, M. Legrip y consortes lo abandonan, y al día siguiente nuestro elegant regresa del Bois, entra en el Café de París, y es invitado, sin que nadie se fije en que viste a la moda o en su buen apetito, como consecuencia del veredicto de la Corte comercial, que tiene su sede en la bolsa, a dirigirse a aquella prisión de la Rue de la Clef, y pasar allí su vida entre cuatro paredes, hasta que un padre bondadoso, una madre tierna, una amante enamorada, un amigo generoso, o un tío de otra categoría que el mío, le devuelva a sus dulces costumbres, al borrar todas sus deudas, dándole así la posibilidad de contraer otras nuevas.

Por lo menos hay una cosa reconfortante. Y es esta: que de día en día se hace más difícil en París, lograr ingresos a base de deudas. Los comerciantes son menos ingenuos, los artesanos menos pacientes, los usureros menos numerosos, la familia, las amantes, los amigos menos generosos, y los tribunales más estrictos que en el tiempo en que vivía este tío mío tan original. ¡Sin embargo, que Dios le otorgue la paz y la misericordia eternas!